3

©2021. EDICO
Édition : JDH Éditions
77600 Bussy-Saint-Georges. France
Imprimé par BoD – Books on Demand, Norderstedt, Allemagne

Illustration et conception couverture : Cynthia Skorupa

ISBN : 978-2-38127-118-7
Dépôt légal : avril 2021

Le Code de la propriété intellectuelle n'autorisant, aux termes de l'article L.122-5.2° et 3°a, d'une part, que les copies ou reproductions strictement réservées à l'usage privé du copiste et non destinées à une utilisation collective , et d'autre part, que les analyses et les courtes citations dans un but d'exemple et d'illustration, toute représentation ou reproduction intégrale ou partielle faite sans le consentement de l'auteur ou ses ayants droit ou ayants cause est illicite (art. L. 122-4).
Cette représentation ou reproduction, par quelque procédé que ce soit constituerait une contrefaçon sanctionnée par les articles L. 335-2 et suivants du Code de la propriété intellectuelle.

Franck Antunes

3

Roman

JDH Éditions
Magnitudes
6.0

Léo Giraux

3

Roman

JDH Éditions
Magnitudes
6.0

À celle qui se reconnaîtra…

PREMIÈRE PARTIE

Chapitre 1

Ça a débuté à la machine à café.

Là où tout se croise, tout se rencontre, se raconte, tout se dit, surtout rien sur chacun, sauf les rumeurs boueuses. Puisque personne n'est soi-même. Puisque chacun croit nécessaire d'être un autre quand il va au boulot, à la boîte, chez ACA.

Non, ne pas être soi-même comme s'il existait deux mondes, l'un chez soi, l'autre professionnel. Ça excuse tout, on peut être dégueulasse, « c'est pas la vraie vie ». Excuse bidon, facile, ignoble, démoniaque et lâche, bien sûr. Mais on se raccroche aux apparences, c'est si facile les apparences, c'est rassurant, hypocrite bien comme il faut. Tout est dans le costume, le tailleur-jupe, l'habit fait le moine, le patron, le connard.

Il n'y a pas deux vies, évidemment, tout est dans la même, l'interaction est totale.
On est qui on est, mais au bureau, la morale n'est pas sur l'épaule. Parce que la morale pour tout un chacun, c'est la femme, les gosses, les potes. Eux ne doivent pas savoir que vous êtes… un salaud. Parfois… des fois.

Alors on ne s'habille plus pour coller à ses idées, comme le brontosaure baba cool déglingué ou le rocker virilo-agressif. Non, les idées sont sur l'étiquette du costume, elles s'enfilent et fondent sur le corps, on les met comme des pardessus et elles nous possèdent. Plus qu'un avec la mondialisation, la crise, la victoire du PSG… et la guerre où vous voulez pour sauver des pauvres qui n'ont rien demandé, mais qui étaient assis sur des barils de trucs utiles à l'Occident.

Et puis une machine à café a son public, son aréopage, ses vedettes.
Les femmes, par exemple, parées de fausses beautés, elles sont prêtes à tout enlever. Bronzées carotène, ventres rentrés, seins remontés, disponibles pour s'extasier sur n'importe quoi. Et puis il y a les hommes, double menton dans la cravate, la coupe comme l'autre à la télé. Mocassins marron à grappe de pompons, bien couillons.
Mais les plus beaux sont les jeunes. Paumés, les jeunes. Ils errent sans peine, sans but, sans rêve. Pas les jeunes loups qui n'ont déjà plus rien de jeune ; ceux-là, on les croque avant qu'ils mordent. Non, je parle des vrais jeunes, tout frais, qui déambulent plutôt comme des lévriers humains, les poils dans le vent, montés slim bien serré. Ahuris.

Au milieu d'eux, par-dessus mon gobelet, j'observe, je parle, je me méfie surtout.
Bref, c'est à la machine à café que j'ai compris. Parce que d'habitude, on échange, on rigole, sans avoir l'air d'y toucher, on bosse. Cette machine est aussi l'outil essentiel de communication, bien plus efficace qu'un rapport de visite ou qu'une messagerie interne. La parole est plus libre, les gestes et leurs interprétations peuvent prendre toute leur mesure dans la communication. C'est comme ça que j'ai compris, sans les mots, avec les yeux qui fuient, regardent le sol, les « ça va ? »,

« j'y vais », ou « 2 - 0, c'est dur »… Plus un mot sur les affaires quand je suis là, plus un regard franc, il y en a qui savent… Ils veulent me virer… Bah, ce n'est pas grave, il faut s'armer, comprendre d'où le coup peut venir.
Merde, ce n'est pas grave, mais ça fout un coup !
Et merde, c'est injuste, donc grave !

Je me sens un peu comme *Le Comte de Monte-Cristo* avec ce sentiment qui crie dans les entrailles et cette envie de vengeance… de gratter les murs, de fendre la pierre et devenir implacable.
Curieux auteur tout de même, cet Alexandre Dumas qui nous a légué de grands héros et toute une imagerie populaire, plus qu'aucun autre auteur français peut être.
Pourtant, il n'est pas vraiment reconnu comme un écrivain majeur.
Pourquoi ?
J'ai parcouru quelques biographies sur Dumas, certaines concoctées par des écrivains, d'autres exécutées par des historiens de l'art, sans oublier celles scribouillées par des cultivés ou rêvées par des esthètes, et finalement, très peu s'expriment sur la qualité de son œuvre.
C'est curieux de se rendre compte que l'on dissèque sa vie, ses excès (nombreux), son travail en « collaboration » (nombreuses), son rapport avec l'argent, ses succès (nombreux) comme ses échecs (nombreux), ses relations avec son père, son fils (nombreux…), les femmes (nombreuses)… mais presque rien sur ses qualités littéraires.
L'homme aurait-il fait obstacle à l'écrivain ?

(Ou les critiques sont-ils des feignasses hautaines ?)
Pourtant…
… Alexandre Dumas est avant tout un écrivain !
Et son Monte-Cristo est un grand (et gros… plus de 1 500 pages) roman.
Bien sûr, on peut trouver des approximations et des longueurs dans l'histoire et un style peu efficace dans les dialogues… mais Edmond Dantes a de l'épaisseur, le narrateur une verve brillante et érudite, le style fluide laisse dévorer l'œuvre, avec une vraie réflexion sur le bonheur qui parsème les pages.
Alors juger Dumas sur ses qualités littéraires est simple :
Alexandre est un Grand !

Désolé, je me suis égaré, je déambule, je divague, à l'instar d'Edmond je m'évade… de la réalité… comme souvent…

En tout cas, je vois bien que je ne suis pas Monte-Cristo, même si mon parcours dans la boîte se heurte à des châteaux d'« If »… Des châteaux de « et si »…
Mais la réflexion s'arrête là… le silence se fait… seul… dans la ouate d'un mensonge collectif… les yeux qui ne fuient pas deviennent compatissants… c'est dégueulasse comme regard… ça sent la merde… c'est moi la merde… ils regardent mon cadavre bouger encore… se consumer… surtout ne pas faire d'impairs… ne pas donner le signe de trop… rester calme… regarder son propre regard… le maîtriser… mais impossible de maîtriser un regard !… On ne voit que vos efforts… et puis ne rien dire qu'il ne faut… ne pas céder un « rien n'est fait »… ou que « vous allez

vous battre »… ce serait avouer… se rendre… capituler. Alors le vertige vous gagne… un cocktail incendiaire se mélange dans le grand batteur qu'est votre cage thoracique… une envie de les bouffer vous monte des tripes… oui… vous rêvez de planter vos crocs dans leurs gorges roses…

Le plus haïssable dans votre comportement, c'est que vous vous dites : et pourquoi ils ne virent pas lui, ou elle.

C'est au moins aussi injuste que pour vous… mais à cet instant, si vous aviez le pouvoir… oh oui, juste un instant… vous les vireriez tous !

Volatilisés, les employés !

Oui… vous êtes aussi con que les autres…

Chapitre 2

Fallait bien que ça m'arrive aussi.

Je suis une cible, puisque bien payé. Trop. Enfin, comme tous en France. Vu ce que gagne le reste du monde.

Et puis je passe mon temps à ne pas être là où je suis. Dans les réunions, je m'évapore, me disperse, l'œil fixe, le menton volontaire. Impressionnant, mais ailleurs. Envolé.

Je les écoute, mais je ne comprends rien concernant la stratégie de l'entreprise.
Merde, rien !
J'essaie, pourtant. Peut-être que je suis dépassé. Ou dépassé par mes anciens rêves que je croyais avoir oubliés. Des rêves d'ambitions partagées dans des entreprises à valeurs humaines…
C'était beau.
C'était…
Maintenant, rien ne me paraît logique, intelligent, stratège, subtil. Je dois avoir un Boss adepte des illuminatis, membre d'un grand complot mondial qui porte sur des siècles, ou peut-être est-il le descendant de Nostradamus ? Celui qui a tout compris de l'avenir, et moi je tente d'interpréter ses prophéties :

— Le marché du truc va demain croître à deux chiffres, il faut que tu nous trouves un avantage différentiel qui fasse chialer le CAC 40. Il faut qu'on achète l'avenir !
— Oui, Chef, je mets mes équipes sur le pont.
Le con !

Mes équipes… huit branlots… des mecs à qui j'explique qu'ils ne sont pas aussi bons que ce qu'ils croient… et des nanas à qui je certifie qu'elles sont meilleures qu'elles ne le pensent.
Ça s'appelle du management…

Et lorsque l'équipe a un semblant de parité entre hommes et femmes, on dit que c'est un bon management.

Je suis un super manager ! Égalité parfaite !
Ils sont presque tous aussi incompétents.

J'ai même des vieux. Ils ont peur de tout, des lâches. Toujours un coup en douce pour se défendre de ce qui les a effrayés : une procédure nouvelle, une parole que j'ai failli prononcer…

J'ai aussi des jeunes qui n'ont peur de rien, eux, des téméraires. Ils ne me rendent compte de leurs conneries que lorsque c'est trop tard… Quand la situation est quasiment inextricable…

J'exagère ? Oui, évidemment, puisque je crois comprendre qu'on veut me virer et que j'en veux à la Terre entière.

Pourtant, les règles du jeu, je les connais. Je suis un acteur de ses lois injustes.

3

Un mondialisateur chevronné, pensez donc, je suis Le Directeur des Achats !

Il faut expliquer à quoi servent les Achats…

C'est l'action visant à l'acquisition des biens ou services nécessaires au bon fonctionnement de l'entreprise.

Voilà une belle définition, simple et bien policée…
On peut dire aussi :
Faire de la marge !
Augmenter les profits !
Ramener du pognon !
Ou plus prosaïquement, sauver l'Entreprise…

Parce que la moitié du chiffre d'affaires est dépensé dans un acte d'achats !
La moitié de ce qui est payé par nos délicieux clients est donné en pâture aux marchés pour digestion rapide.

Alors il faut des acheteurs professionnels, des technico-commerciaux éthiques, stratèges qui déclinent la politique de leur entreprise en experts de la négociation sur fond de problématique économique et aptes à contractualiser, tout en restant animé par un esprit de progrès permanent.

C'est beau, hein.
Des chevaliers des temps modernes volant au secours des plus fortunés pour qu'ils préservent leur formidable capital durement hérité…

Ou, comme très souvent, se contenter de préserver des emplois en détresse…

M. Quidam ne le sait pas toujours, rarement en fait, voilà un métier qui régit une grande partie des rapports humains, qui organise les flux mondiaux, oriente les richesses… et les gentils en ignorent le fonctionnement.

En face, il y a les vendeurs…
Formés pour augmenter les fortunes de leurs employeurs…
Ou tentant juste de survivre…

Le jeu de dupes est en place, c'est l'économie, on ne peut rien y faire.
Non, rien.
C'est la vie…
On a essayé de baser les rapports commerciaux sur le partage et l'altruisme… Mais ça ne marche pas.
Non.
L'humain est égoïste et c'est ce qui le fait avancer.
Tout ce qui commercialement est basé sur des préceptes de bienveillance n'est que pure perte de temps.
C'est comme décider que si le soleil se levait à l'ouest, ce serait nettement plus pratique… peut-être… mais c'est impossible.
Voilà.
Fin du débat.
Bye bye les cocos.

Pour bien comprendre, il faut vous remettre en tête ce qu'est le vendeur, cette lame de la stratégie marketing, cet expert en trucs indispensables prêts à l'emploi.

3

Vous visualisez bien ce type qui vous vend une bagnole aussi résistante qu'un bloc de marbre (c'est juré) et qui va si bien avec la couleur de vos yeux (que vous avez magnifiques) ?

Cette jeunette vous certifiant que le sommet insurpassable de la technologie est ce téléphone qu'elle ne parvient même pas à allumer tout en osant minauder son échec ?

Voilà, vous l'avez en tête.

Eh bien, il faut des professionnels pour savoir s'opposer à tant de finesse…

Donc j'achète… en fait, j'étrangle… je roule dans la farine…

Je guette le fournisseur lorsqu'il se rafraîchit au bord des étendues d'eau à l'orée de la nuit et je lui saute dessus pour l'étrangler de mes doigts fourchus…

Je suis un brin caricatural… Le métier d'acheteur est plus subtil, basé sur la force de conviction, l'envie plutôt que sur le rapport de force.

Nous ne sommes plus dans l'ultralibéralisme constaté dans *Le Peuple de l'abîme* par Jack London en tant que reporter, à Londres en 1902. À 26 ans, il a trouvé un engagement de journaliste pour couvrir la guerre des Boers en Afrique du Sud, mais l'affrontement prend fin avant son départ.

C'est donc par hasard qu'il se trouve présent dans la plus grande ville de l'Histoire (à l'époque), capitale du plus puissant Empire de tous les temps à l'apogée de sa gloire.

L'Empire britannique pratique un capitalisme total, sauvage, zélé, et le jeune Jack va en être le témoin privilégié… ce qui devrait faire réfléchir les effrayants voulant nous faire croire que le marché européen serait de cette même veine…

Car le Grand Jack nous confronte à la réalité d'un véritable abattoir social en décrivant les mécanismes de déchéances à grande échelle et en nous faisant croiser des destins brisés dans un texte d'une brutalité à broyer les tripes des économistes, même les moins sentimentaux.
Une fois la dernière page fermée, on ne voit plus la « Belle Époque » de la même façon… et il nous dessille sur les effets du véritable capitalisme sauvage…

Alors, dans mon métier d'acheteur, je tente de relativiser sur les conséquences sociétales…
En fait, je passe mon tour !
Que la résultante de tout ce bazar nuise au pouvoir d'achat des commerciaux et autres employés des fournisseurs, ou que des nations ne puissent pas financer une protection sociale, ou que ces pratiques fassent migrer des populations, polluer des régions entières, enrichir des actionnaires déjà bien pourvus…

Que nenni ! Pas mon problème !

Pourquoi ?! Complexe ! Beaucoup trop complexe !
Vous croyez bien faire en achetant ce truc à ce petit producteur mexicain bien subventionné par le commerce équitable et vous pénalisez son homologue français qui s'est évertué à respecter les lois et à inves-

tir dans un process coûteux mais nécessaire pour sa productivité.

Voilà une partie du problème, vous ne savez jamais à qui vos choix vont faire mal…

Vous décidez de ne pas commercer avec cette entreprise qui fait travailler des enfants… et vous tuez l'avenir de gamins qui, sans cette ressource, ne peuvent étudier.

Voilà une autre partie du problème, vous ne savez jamais quelle règle sociale vous piétinez…

Alors quoi ?!
Alors rien…

Dans le doute, je fais gérer ce merdier aux autres, bénéfices obligent.
En plus, c'est plus simple, non culpabilisant.
Le patron est content, trônant sur son ignorance et son incompétence.
Et me voilà en première ligne du système capitalo-libéral… sans profiter de rien.
Ahah.
Je tiens la baïonnette de la mondialisation comme des millions d'autres… sans médaille ni décoration… Juste une culpabilité sourde.

Bon, quand je dis culpabilité sourde, c'est pour faire joli, parce que la réalité se résume en trois lettres : bof.
Aux politiques de résoudre les problèmes créés par le commerce !

La conclusion pour ma petite personne, c'est que je ne peux pas trop me plaindre de l'injustice.
Mais je ne vois toujours pas pourquoi on voudrait me virer… Rien n'est de ma faute !
La politique de l'entreprise est aussi sacrée et incompréhensible que la Torah, la Bible et le Coran réunis !

Ainsi soit-elle…

Chapitre 3

Il n'y a pas que le fond que je ne comprends pas…

La forme m'embourbe aussi.
Avec tous ces vieux livres qui s'agglutinent en florilèges dans ma tête, ces phrases travaillées dont je me délecte, ces tournures à l'allure superbe qui m'entourent, quelquefois je dévisse sur les expressions nouvelles, sur le langage clinquant et anglicisant pratiqués dans les entreprises.

Un langage qui se veut plein de modernité pour mieux ostraciser avant tout.
Une forme de novlangue (rappelez-vous *1984* d'Orwell), peuplée de faux anglais (pourtant, *manager* vient du français : tenir le cheval au bout de la manage pour le guider dans son apprentissage), de marketing (avec des « -ing » à tout va : phoning, benchmarking, emmerding surtout…), d'industrie 4 point zéro (avant tout zéro pointé…) ou de termes creux faits de japonais incompris (la méthode kanban n'est pas de mettre des étiquettes partout et le diagramme d'Ishikawa n'est pas qu'une jolie arborescence…).

J'ai un mal fou à accrocher la farandole des termes pour qu'ils prennent un sens réel… Et à voir les yeux interloqués et faussement complices de mes comparses, je ne suis pas le seul…

C'est la langue de ceux qui ne veulent rien expliquer, pour mieux s'imposer. Pour déclasser les statutaires… ou pour mieux les servir… en annihilant la concurrence.
Comment intervenir dans le débat lorsqu'on ne maîtrise pas les mots ?
Toute demande de précision provoque un sourire narquois et une explication plus absconse encore.
En présence de ces instruits, toute démonstration en français correct est accompagnée du bruit glacé d'un corps mort dans la flotte.
Plouf !

Heureusement, heureusement… le Boss n'entrave rien non plus à ce langage éthéré… et lorsqu'il ne comprend pas, il rougit furieusement et balaie avec vigueur les embêtants…
Voilà les limites de ce système linguistique, vous pouvez épater votre Direction un certain temps, mais vient toujours un moment où vous les énervez…

En attendant, ça n'arrange pas ma compréhension de la problématique… et me met en vulnérabilité… ils vont me viring, certifié deux points zéro avec une méthode Bushido !
(Vous voyez bien que je n'y arrive pas…)

Il faut dire que le langage a un besoin de renouvellement pour rester vivant.
Autrefois, avant les médias de grande diffusion, une langue se développait sur un territoire, s'inventait, les échanges avec d'autres régions enrichissant le parler.
Le langage collait aux locuteurs, à leur environnement, gagnait en précision, se ciselait par son évolution continue.

3

Le français s'est sclérosé dans un langage de journal télévisé et ne peut être aidé par ses défenseurs officiels, juste bons à s'agiter pour que nous ne n'oubliassions (!) pas l'imparfait du subjonctif, ou à mener un combat douteux en faveur d'une écriture inclusive confondant le sexe et le genre grammatical !
D'ailleurs, comment peut-on confondre ?!
Si vous aviez un m. ou un f. à la place de vos organes génitaux, vous feriez rapidement la nuance…

Le français a du mal à vivre…
D'autant plus que la langue médiatique de référence s'est appauvrie, accumulant les approximations et les lieux communs.
Non, lorsqu'une équipe menée marque un but, il n'y a pas de réduction du score… mais une réduction de l'écart.
Pas grave, hein.
Il y a tellement à citer… je vais éviter d'être assommant en bombardant d'exemples pédants… et j'aime beaucoup les journalistes sportifs… malheureusement, ils ne sont pas les seuls « appauvrisseurs », autrement, ce serait juste drôle.

Les pauvres Roms peuvent en témoigner, on ne parle plus de romanichels, de gitans, de Tziganes ou de bohémiens… tous des Roms…

Comme ceux n'étant pas tout à fait d'accord avec l'Union européenne, tous des eurosceptiques… qu'ils veulent l'améliorer, la changer radicalement ou la détruire.

Ces termes réducteurs permettent aussi de faire passer des idées… On ne doit pas douter de l'Europe…

De nouveaux arrivants ? D'où ? Comment ? Pourquoi ? Qu'importe, ils sont tous des migrants !
Leurs histoires sont pourtant si différentes.

Ils sont ainsi tous réduits… les jeunes des banlieues, les agriculteurs, les chômeurs…
En avant les journaleux-jivaros, réduisons les têtes !

Le langage est de moins en moins informatif, mais de plus en plus injonctif !
On le voit si bien dans l'utilisation forcenée de pléonasmes, ce radotage massif et chic.
En pléonasmie, on collabore ensemble (c'est plus simple) dans une démocratie participative (ça change tout !) et on trouve facilement des monopoles exclusifs (bien écrasants), des premières priorités (laissant peu de place aux autres), des noyaux durs (un noyau est pourtant la partie centrale et dure d'un fruit…), des afflux massifs (pour faire bien peur), des pactoles financiers (mais pas le vôtre), et si vous n'avez pas bien compris, il suffit de vous le répéter toutes les cinq minutes pour obtenir l'estocade finale (existe-t-il quelque chose après la mise à mort ?).
Messieurs les journaleux, laissez ces insistances à Orgon dans *Le Tartuffe* (si vous souhaitez ne pas en être) de Molière :
« Je l'ai vu, dis-je, vu de mes propres yeux vu, ce qu'on appelle vu. »
Il faut beaucoup de nuances pour informer alors que scander et répéter sont tellement efficaces pour scotcher devant une télé jusqu'à la pub suivante…

Les médias se doivent de nous intéresser pour se vendre, le langage des journaux devient un marketing. Simple et percutant… mais réducteur et marteleur.

Alors la langue se vivifie ailleurs, dans les banlieues, dans les textes des rappeurs, sur les réseaux dits sociaux. Ce n'est pas toujours heureux, mais c'est vigoureux, enrichissant bien souvent, notamment lorsque la rencontre se fait avec la langue officielle.

Prenons deux oiseaux qui vont me permettre de faire le passage entre les mondes anciens et modernes. Corneille et Corneille…

Celui du *Cid*, une œuvre magistrale de référence, un des sommets de notre classicisme nous a déclamé :
« Ô rage, ô désespoir, ô vieillesse ennemie.
N'ai-je donc tant vécu que pour cette infamie ? »

Les adeptes de Corneille, le moderne, pourraient le traduire ainsi :
« J'ai le seum, c'est la hess et j'suis yeuv de ses morts.
J'ai galéré tout ce temps pour avoir la tehon ? »

C'est gavé d'énergie avec un décalage dans l'humour qui n'est pas dégueu. Les sons roulent joliment.
C'est moderne quoi, et ça sonne bien !
Remercions ces terreaux du français de demain qui sont les seuls à s'occuper de la vie de nos futurs écrivains !

Le langage veut tellement dire…

Chapitre 4

Alors je bouquine.

Comme un devoir et une nécessité.
Avec des objectifs. Réflexe professionnel.
Cinquante pages par jour, ce n'est pas un exploit non plus.
Pivot peut s'endormir tranquille, nous ne sommes pas en compétition.
La nécessité, c'est de reposer ma tête de toute cette merde. M'évader de ce monde en le comprenant mieux.
Parce que lire, c'est ça ! Comprendre le monde.
Et s'isoler de lui… Aussi.
Lire est un paradoxe !

Et c'est également des influences… Je me souviens avoir porté un imperméable havane et un chapeau pendant un hiver où j'avais dévoré *Le Grand Sommeil* de Raymond Chandler (avec Boris Vian à la traduction), un texte de 1939. Le premier (à 50 ans ! Ça donne à réfléchir…) de celui qui va devenir le Maître du roman noir et la première apparition de Philip Marlowe qui sera inoubliable, un peu plus tard, avec la gueule d'Humphrey Bogart.
Un texte complexe et sombre, urbain, à la psychologie sommaire, qui dévoile ses charmes autour d'un détective anti Sherlock Holmes presque aussi minable qu'intuitif.
Un régal à servir sans modération… et bien frappé.

Bon, j'ai compris, grâce aux remarques de mes collègues, que je n'étais pas aux US d'avant-guerre…

Les livres sont parfois mon principal centre d'intérêt.
Parce qu'il faut les défendre aussi.
Prenez Céline, par exemple… pas mon assistante, mais l'autre, le Grand.
C'est très pénible d'aimer les livres de Céline.
Très.
Surtout par les temps qui courent.
Les pamphlets et les prises de position antisémites inexcusables ne peuvent faire oublier l'œuvre littéraire. Et les romans ne peuvent occulter la condamnation morale.
On aborde son œuvre écartelé… Il m'aura fallu trois tentatives pour « oser » terminer *Voyage au bout de la nuit* : une incroyable exploration de la haine banale. *Mort à crédit* ? Un sommet dans l'écriture. Que dire pour se justifier d'aimer ces textes ? Citer d'autres grands écrivains loin d'être exemplaires ? Allons-y !
Voltaire ? Antisémite ! Gide ? Pédophile ! Rousseau ? Abandonne ses enfants ! Diderot ? Dépravé sexuel ! Molière ? Incestueux ! Sade ?… No comment…
Comme eux, Céline est mort. Ses idées, condamnées.
Donc Acte.
Ses romans n'en parlent pas. Lisons-les. Et tant pis pour ceux qui veulent reprendre son racisme. Fausse route. En son temps, l'extrême droite ne le reconnaissait pas et lui n'a jamais été politisé.

Je me suis enfilé récemment sa dernière trilogie.
Ça commence avec *D'un château l'autre*. Dans ce roman, après un début plaintif et poussif, le livre retrouve la

petite musique célinienne si (a)typique. Il nous emmène de Paris à Sigmaringen à la fin de la Seconde Guerre mondiale en jouant son rôle d'amplificateur des petites haines. Un amplificateur de la petite odeur de merde que réclamait Baudelaire pour qu'une œuvre soit humaine.

C'est pas bien. C'est pas encourageant. C'est historique, pourtant. Et horriblement bien écrit.

Et trois ans plus tard, il commet *Nord*... Moins pleurnichard que précédemment, mais quand même beaucoup... Pour mieux nous plonger dans sa vision hallucinée de la réalité. Les personnages grotesques illuminent la noirceur d'une situation complètement chaotique. Le style est un peu plus accessible et devient le décor charbon à des décombres fumants.

Céline écorche, boursoufle, râpe, bouscule, fait rire, tord, mâche et recrache en bougonnant une vie qui ne nous laisse jamais indifférents.

Et puis il y a *Rigodon* bien plus tard.

Fin de la trilogie et fin tout court de Céline, puisqu'il meurt juste après avoir déposé le premier jet du manuscrit chez son éditeur.

C'est émouvant de lire les dernières lignes de Céline, d'autant plus qu'il est très conscient de sa fin si proche. Ainsi sa mort prochaine s'invite dans un dernier voyage halluciné.

Des imperfections subsistent, un dernier travail n'a pu avoir lieu (des passages se répètent, des incohérences de-ci de-là), rien de grave. Reste l'émotion. Car Céline n'a pas perdu de sa force démonstrative, de son style.

Comme si chaque phrase sortait de ses gonds.

Pour se décaler, tourner autour de l'émotion.

Impressionner. Comme un impressionniste du stylo.

Voilà, Céline, c'est ça.

J'ai même lu une bonne partie de ce livre à haute voix. Enfin, à haute voix basse.
Dans les hôtels, chez moi, en mangeant dans la voiture, dans les toilettes…
En essayant de trouver le ton, la gouaille, le timbre.
Pour m'imprégner à fond.
Et ça roule, et c'est bon…

C'est fou, hein !… Lorsque je pense littérature, les mots ne me viennent pas de la même façon que lorsque je pense boulot, comme si deux mondes coexistaient dans ma tête… mais sans se connaître.

En littérature, il y a aussi les grands monuments, et j'adore les attaquer, tenter l'assaut… vous savez, ces bouquins dont tout le monde connaît le titre, un peu moins l'histoire, ces tombes dont on ne sait plus si la chair est encore en dessous, ces cénotaphes écrasants. J'aime leur donner corps à nouveau, les comparer à plusieurs siècles de distance, les rendre à la réalité, voir si le temps les a abîmés, ébréchés, édentés… ou si l'étrange alchimie fonctionne toujours, encore un peu, encore un peu plus.
Prenez un controversé de son temps comme Stendhal et ses « couleurs ».
« L'un des plus grands chefs-d'œuvre de l'histoire de la littérature. »
Voilà l'avis unanime actuel de ceux qui l'ont à peine lu.
Bon.
Le Rouge et le Noir, je l'ai ouvert une première fois à 17 ou 18 ans, je l'ai parcouru à la façon du diable que j'étais… du coup, je ne m'en rappelais plus trop…

enfin, si, quand même… Julien Sorel… la tête coupée… l'amour.

Ça méritait que je jette à nouveau ma torche dans les ténèbres des poncifs.

Ce qui frappe d'entrée, c'est le style sec, tranchant, peu mélodieux.

Stendhal, bonapartiste convaincu, devait admirer les écrits du petit grand homme.

Notamment son plus grand succès, *Le Code civil* :

« Tout condamné aura la tête tranchée. »

Voilà son modèle.

Stendhal marche tout droit vers son but.

Un style reconnaissable, pas le plus agréable, mais un staccato qu'il arrive à faire danser au fil des pages.

« L'un des plus grands chefs-d'œuvre de l'histoire de la littérature. »

Mais alors pourquoi ? Car Stendhal n'est pas non plus le plus inventif, l'histoire est bâtie autour d'un fait réel.

Alors ? Le mythe vacille ?

Mais non !

Stendhal est avant tout un esprit… Un homme d'idées.

Et des idées, il en met des tas dans ses chapitres !

Il faut relire certaines pages traversées trop vite pour tout saisir et vous trouverez une autre richesse à chaque lecture, une idée complémentaire, une découverte qui amplifie le texte.

Passé la dernière page, on se dit : « Waouh ! »

Voilà où est Stendhal, où est *Le Rouge et le Noir*…

Levez la tête.

Plus que ça !

Vous voyez… Ça me reprend… Les mondes parallèles…

Si je pouvais les mixer, les faire bouillir en les touillant avec une cuillère… je me sentirais tellement mieux… sûrement.

En tout cas, c'est de ces rencontres avec les écrivains dont j'ai besoin, beaucoup plus que de savoir si mes performances de négociateurs sont de 9 ou de 11 % ? Si l'action des Achats fait gagner la totalité des gains sur les budgets ou de combien aurait été la performance sans l'action de mon Service ?

Toutes ces petites statistiques se déversent dans un océan mugissant, se mélangent dans les profondeurs de l'inhumain où nul plongeur, jamais, ne peut remonter sain d'esprit.

Alors, pourquoi balancer des ratios incompréhensibles à une hiérarchie qui ne connaît même pas mon métier ?
Qui doute.
De tous les autres.
Pas d'eux.
Jamais.
Ils ne savent pas, mais sont sûrs, certains… Pensez donc, ils l'ont entendu déclamé à la télé, vu gravé dans le papier des magazines, ils ont même écouté les éructations péremptoires des biens informés dans un cocktail entre une saucisse et une quiche (je ne parle pas forcément des petits fours…).
Me faire juger par ces types.
C'est laid.
Bas.
Moche.

Tout le contraire de la littérature…

Chapitre 5

Putain !

Je vais encore être en retard à la réunion sur le sujet très important dont j'ai presque tout oublié.
C'est une marche lente d'aller dans une réunion.
Une espèce de trajet secret.
On ne sait pas dans quel monde on va sauter.
Qui sera là ?
Qui sera en retard et qu'on attendra tout de même… ça positionne dans la hiérarchie.
De quoi va-t-on parler, et surtout, quels sont les enjeux ?
Parce qu'évidemment, le sujet n'a que peu d'importance.
L'important est la carrière de chacun et surtout d'établir son pouvoir, le mesurer à l'aune de l'asservissement des autres récipiendaires de la convocation.
Quelques fois, ces intérêts particuliers correspondent à ceux de la boîte… Bingo ! Elle vivra encore… un peu.
Combien de temps ? Aucune importance, une entreprise est programmée pour mourir. Il n'en restera que des souvenirs et un capital dans quelques poches ou dans une nouvelle Entreprise… tout aussi mortelle… tout aussi inexistante, insignifiante.
Un rien avec un nom déposé.

Une réunion commence toujours comme ça :

— Café ?
— Oui oui.
— Oui !
— Oui ? Qui ? Moi ? Oui !
— Non, tu sais bien.
— Pour moi, du sucre, mais pas trop, une dosette verte, avec une demi-tasse et de la crème, mais pas celle-là, celle de l'autre machine… Pas grave.
— Et toi ?
(Lui ne répond pas, mais il Lui en faut… Lui il pense… c'est Lui qui nous a convoqués. Tous.)

Je passe sous silence le problème informatique, puisqu'il suffisait d'éteindre et de redémarrer l'ordi-nateur. Une évidence qui demande 10 minutes de réflexions intenses à deux victimes et cinq observateurs goguenards.

Ah, tiens, le retardataire… celui qui a les chiffres… le puissant.

Silence.

Le sujet.

Dans la foulée, les cafés se profilent timidement en travers de la porte.
Brouhaha.

— On y va ou quoi ?

Le sujet pour la deuxième fois.
On s'observe.
Qui attaque ?

3

Pan, c'est parti !
— Bon ! Oui ! Mais non ! Quand même ! Parce qu'à chaque fois, c'est pareil ! J'ai pas le temps ! Combien ça coûte ! Combien ça rapporte ?! Pourquoi changer ?!
La distribution des coups se fait à fleuret moucheté ; c'est gentleman, un enculé.
Pourtant, c'est bien la tempête qui souffle, l'ouragan, le typhon, celui de Joseph Conrad, où il faut s'accrocher au bastingage.

J'adore les récits et les écrivains de marine :
Paul Chack (maintenant oublié), Herman Melville (et son *Moby Dick*), Jules Verne, bien sûr, Jack London (encore) et tant d'autres (O'Brian, Farrère, Stephenson…).
Joseph Conrad est un de mes préférés, parce qu'aux éléments communs à ce genre (l'aventure, la découverte, le danger toujours présent, l'impact de la nature que les inspirés savent magnifier, la constitution d'un microcosme social allégorique…), il ajoute une prose superbe et un bout de folie ténébreuse.
Le style de Conrad est sa grande force… Même sans véritable intrigue, comme dans *Typhon*, Conrad et les éléments nous submergent d'émotions.
On se surprend à se crisper sur le livre comme le Capitaine au gouvernail…
Comme moi en réunion…

Mais il arrive de temps en temps une accalmie… un Puriste… le type qui d'habitude se tait… mais qui, lorsqu'il l'ouvre, fait tout basculer… un temps… cheveux aux vents, l'œil frémissant, l'inspiration en bandoulière… celui-là a des principes, une éthique.

Chacun l'observe, croit son message… oublie son propre cynisme… un temps… veut surtout l'utiliser dans son camp, tente de l'infléchir… Mais il ne comprend pas les appels du pied…
Il mourra écartelé… Viré !

Bien fait !

Chapitre 6

Nous voilà à nouveau réunis.

Le sujet du jour (le même que depuis de nombreux) est comment prendre des parts de marché dans le domaine des EHPAD ?
Comprendre : Établissement d'Hébergement pour Personnes Âgées Dépendantes.
Voilà.
Pour les vieux, quoi.
Un marché d'avenir, qu'ils disent… les vieux ont donc de l'avenir…
Mais on n'y arrive pas… normal, nos marchés habituels sont les Travaux Publics… Qu'est-ce qu'on fout à bosser pour les viocs !
Il faut faire du technique, du beau, du pratique… moins cher que les autres.
Il est dingue, ce Boss !
L'âge lui monte à la tête !
Pourtant, il ne terminera pas dans un de ces mouroirs où l'on reste trois ans à peine.
Non, lui occupera un pays en développement avec sa jeunesse complaisante, ou les plages semées de cocktails et de bikinis d'une île suffisamment pauvrement idyllique pour ne pas remarquer son ventre rebondi, ou un paradis fiscal pour millionnaires râleurs sur tout ce que la France veut leur ponctionner.
Non, Jacques Ménèle n'est pas conscient de sa fin de vie. Il pense sûrement que le paradis s'achète.

Sa religion, la richesse, doit bien le protéger de tout.
Ça a marché jusque-là.
Comme un pharaon des temps modernes, Jacques accostera sur l'autre rive avec de quoi survivre à la mort et même à ses péchés.
L'enfer, c'est pour les pauvres, l'impotence aussi.
Pas pour Jacques.
Parole !

Paroles de Jacques… elles ne sont belles que lorsqu'elles viennent de Prévert…

Prévert et ses paroles
C'est retomber en enfance
Ou remonter en enfance
Ou s'envoler en enfance
On a tous lu un de ses poèmes
Et on se rappelle
J'ai appris très tôt à aimer Prévert
Et je l'ai oublié très vite aussi
Je le regrette un peu
Mais maintenant tout est arrangé
On s'est compris
Prévert c'est comme un oiseau
Tous les oiseaux font de leur mieux
Ils donnent l'exemple
La parole a son Prévert
La parole a beaucoup de chance
Moi, moins…

Jacques ne veut rien savoir… Jacques est de cette race d'entrepreneurs un peu sur la fin… pas très entreprenant, sauf avec le pognon des actionnaires… passant son temps à cracher les mêmes chiffres qui troublent ou qui euphorisent, suivant l'impact qu'il veut obtenir sur les différentes assistances…

Chemise trop chère, de marque, mais on ne sait pas laquelle… costard banal et/mais coûteux… pompes de ville, classiques, hors de prix, évidemment… mais il ne fait pas voir les étiquettes… il a ses pudeurs… son hypocrisie d'héritier de nouveau riche… surtout que personne ne se rend compte des sommes indignes englouties sur sa peau adipeuse !

Jacques est tellement cachottier qu'il s'ingénie à ce que rien ne lui aille correctement… Il est tellement discret… ou hypocrite… ou dénué de goût… Jacques a le charisme d'une boîte à chaussures… et suffisamment d'actions pour écraser des fourmilières de PME avec ses souliers crottés, mais bien vernis.

Jacques est un Patron, et surtout un homme comme un autre…

Chapitre 7

Mais que veut notre grand illuminé de Patron ?

Pour tenter de répondre, il faut réfléchir, faire un travail de fourmi, reprendre les emails, tous, leur trouver un sens caché, se remémorer les discussions, les gestes, les yeux, les hésitations, les silences, interroger les assistantes (très informées et qu'on estime inoffensives par machisme), recouper les informations, se muer en Sherlock Holmes. Celui du *Chien des Baskerville* de Sir Arthur Conan Doyle.
Tout le monde connait Sherlock Holmes.
Vraiment ?
Le personnage est plutôt… agaçant… so British… tellement parfait et logique… finalement, Watson est plus intéressant.
Bon, dans *Le Chien des Baskerville*, le célèbre détective officie depuis quinze ans et est déjà mort… et ressuscité pour cause de succès.
Pratique.

Comme dans le bouquin, ma recherche se fait dans une atmosphère lugubre qui n'aurait pas déplu à un auteur comme Lovecraft, avec un suspens tendu, de la peur partout… et j'espère la victoire de la logique dans un final déroutant…

Mais le parallèle avec le grand détective s'arrête là… une fois mes immenses ressources intellectuelles épuisées en de vaines supputations, il reste le psychotage, la flippe.
Parce que le paquet de QI qui s'est mis en action se retrouve liquéfié en devenant paranoïa.
De ce jus de cerveau pressé ne sort qu'un « ? » majuscule.
Oui, majuscule, à mettre en début de chaque phrase.
Un « ? » en néon rouge scintillant qui ne vous lâche plus, incrusté dans votre front et lugubrement renvoyé par le miroir dans ce moment de pure réflexion lorsque vous aspergez inefficacement vos mains après avoir pissé.
Ah, la gueule qu'on fait lorsqu'on comprend qu'on a rien compris ! … À poil, zézette au vent, les mains devant et derrière… il faut vite retrouver de la prestance, renfiler un costard, serrer une cravate…
Prendre une décision !

Prendre une décision qui va mettre en branle une action.
Parce qu'on peut parfaitement prendre une décision et ne rien comprendre. Tous les grands décideurs l'ont fait… les mauvais aussi, d'ailleurs…

Tiens, prenons l'exemple d'Eugène Sue lorsqu'il écrit *Les Mystères de Paris* en 1843. Ou le mystère de l'oubli, tant cette œuvre n'est plus considérée à la hauteur du retentissement que provoqua sa sortie.
Notre bon Eugène va faire un pari stupide, celui d'écrire sur le peuple… Il connaît le peuple, il a passé une soirée avec. Une.
Ça peut être très chouette comme sujet, les gens d'en bas, ils sont si pittoresques…

Voilà sa décision basée sur la connaissance de rien du tout, sur le grand n'importe quoi du dandy perdu dans son manque d'inspiration.

Il va actionner un roman-feuilleton qui fut le premier très grand succès littéraire français.

Pendant un an et demi, le pays est suspendu à la plume d'Eugène Sue.

La fièvre n'atteint pas seulement les lecteurs, mais c'est le peuple entier qui s'échauffe quand l'auteur contamine toutes les couches de la société en explorant les bas-fonds de la capitale.

Il prend les protagonistes la main au collet et son public en a le couteau sous la gorge.

La société de Louis-Philippe découvre ce qui grouille dans l'ombre, effrayée tout autant que fascinée.

Le roman devient social, revendiquant peu, mais soufflant sur des braises que le quidam ressent sous ses semelles.

Voilà ce qu'il se passe quand on prend une décision pétrie dans l'ignorance et la panique… le résultat ne peut jamais être celui imaginé.

La leçon que nous donne Sue est qu'il faut saisir les opportunités, s'adapter, changer soi-même et continuer.

Car, dans un quiproquo malicieux, Eugène devint le tambour de la pauvreté et de l'injustice, le récipiendaire des luttes sociales.

Au gré des rencontres, il comprend ce qui se joue et s'extrait de son dandysme. Il devient autre, il devient grand.

Il parvint à saisir une époque, à l'alimenter… la provoquer… l'attiser…

L'autre révolution n'est plus très loin, le printemps des peuples est proche, bientôt 1848.

Fort de cet exemple absolument incontestable, je peux me lancer, faire le grand saut… ou le grand sot…
Car finalement, le sujet est simple pour moi. Il s'agit maintenant de reprendre la main pour ne pas me faire virer.

Avoir une idée…

Chapitre 8

Je me délecte.

J'ai éteint l'ordinateur, le bouquin trône à côté de lui. Vainqueur.
Les Contes du Lapin Agile de Louis Nucéra.
Je vois la Butte Montmartre de mon bureau parisien. Aussi bien que dans le livre.
Elle me fait rêver, cette aspérité géologique avec son massif sacré cœur qui domine une vie, une histoire, un passé artistique que je tente de visiter en papiers et en gravissant ses ruelles gorgées des cris des ivrognes écrivains, éclaboussées des couleurs des anarchistes peintres, souillées des rêveurs communards, enivrées de la gouaille des chanteurs débutants.
Je contemple, j'imagine de ma fenêtre, délaissant un « tableau de suivi » bien trop froid et austère.
Louis Nucéra a vécu cette Butte et il raconte ses rencontres. La grande et la petite histoire, l'anecdote, les célèbres et les gens.
Des centaines de noms fanfaronnent, freluquets déjantés, farfelus hurluberlus qui errent dans leurs vies de commis, mais sérieux en diable dès qu'on parle d'un tableau ou d'une rime.
Il fait graviter son monde autour d'un cabaret fêtard et chantonneux et nous élance dans une spirale magnifique et poétique.

Louis Nucéra n'a certes pas le talent des très grands, mais… attendez… je crois le voir gribouiller sur un banc… et mon Sacré-Cœur palpite plus fort…
J'ai éteint l'ordinateur et ma tête continue à ventiler.
La tourmente a débuté il y a quelques mois.

On dirait un film, un scénario… un roman…
Jacques, notre Boss que nous aimons redouter, a voulu investir dans les maisons de vieux (les fameux EHPAD) et s'est entiché d'une équipe de jeunes loups menés par une louve.

La louve, c'est Hélène, une caricature d'elle-même… parlant trop fort pour elle… étant gênée de se mettre trop en avant… mais ne faisant que ça ! … n'acceptant pas l'effet provoqué sur les hommes subissant sa séduction… se plaignant devant la glace de sa quarantaine qui ne sera là que dans cinq ans… se vantant de son expérience savamment entretenue par des vêtements trop classiques.

Hélène est brillante et c'est choquant… et enivrant pour tous ceux qui ont décidé de la suivre.
Ils ne la suivent que pour une seule partie de son corps… son cerveau.

Les loups ? Des louveteaux… des garçons… des minets… des jeunes… des belles gueules… on ne les regardait même pas… des transparents… tous les mêmes… des tronches… des fonceurs… éjaculateurs d'idées précoces…

On les a rapidement renommés Hélène et les garçons.

3

La cible avait maintenant un nom, la mission un code.
Tout s'est fait très vite parce qu'on les a instantanément détestés, rapidement bouffés et sans scrupule digérés.
Normal.
Un travail d'équipe.
Le Secrétaire général a pourri les comptes (facile et invisible), le Directeur de la Qualité a fait des procédures imbuvables (une seconde nature pour lui), la technique les a laissé choir (pas compliqué lorsqu'on n'est pas compétent), la Directrice du personnel n'a trouvé que des branquignoles à embaucher (elle doit avoir un élevage)… Moi, je n'ai rien fait… trop occupé à regarder de l'autre côté. J'ai mes pudeurs les jours de massacre.

La meute d'Hélène a fugué en rachetant LIAD, une boutique en perdition sur Paris.
Comme ils sont efficaces et intelligents, leur projet a bien fonctionné.
Tant mieux. On s'en fout.
Mais pas Jacques !
Il veut sa part du gâteau, a dû rêver de victoire !
Cela m'a forcé à tenter de m'adapter, à mettre une équipe spéciale en place, à étudier le marché… et comme nous découvrions sans expertise… j'ai fait un flop !
Rendez-vous compte ! Le Boss ne veut que des matériaux de haute qualité, pas de possibilité de mettre en concurrence, pas de temps pour négocier et nous ne pesons rien auprès des principaux acteurs du marché…
Dans ces conditions, impossible d'avoir de bons prix… Pourtant, j'ai mis des arguments en place… au moins 90 décibels.

Parce qu'aux Achats, lorsqu'on n'a pas d'argument :
On gueule !
Ça n'a que peu d'efficacité, mais les décibels remontent à notre propre Direction, qui trouve que vous êtes un sacré acheteur.
Connerie !
Au lieu d'avoir des résultats, cela vous permet de faire croire que vous avez mis les moyens.
Vous êtes un dur, un mâle, un tatoué.

Évidemment, nos commerciaux ont tenté de vendre en faisant chuter les prix, en écroulant les marges… puis les finances nous ont arrêtés, net, sans ABS… ça a crissé dans les couloirs !
On a gentiment négocié une trêve avec la Louve.

Histoire classée.
Non.
Nos ennemis ont ouvert le feu et gagné des affaires pour lesquelles un « gentleman agreement » interdisait à nos deux sociétés de répondre.

Impardonnable ! …

Casus belli…

Chapitre 9

« On va les bousiller ! »

Un poing s'écrase sur cinq centimètres de chêne massif, les dossiers sursautent en synchronisation avec le clignotement de nos yeux interloqués.
Cette fois, nous optons pour du brutal, on leur cherche des emmerdes administratives tout en faisant le siège des mairies pour casser les permis de construire.
Ma mission dans ce plan d'une finesse de charge de panzer dans la toundra est de terrifier les sous-traitants pour qu'ils ne bossent plus pour nos ennemis déclarés.
Peine perdue !
Ils ont fait venir des Polonais !
Saloperie de mondialisation !

À ce moment, j'ai décroché un peu. On s'est enlisé dans du juridique.
En riposte, Lector, leur cabinet d'avocats, a commencé un travail de fond qui correspond très peu à ce que doit ressembler la justice.
Des tonnes de papiers avec Accusé de Réception se sont envolées en escadrilles. Des bombes à retarder toutes actions ont gelé les procédures, anesthésié les velléités. Les risques potentiels se sont accumulés sur nos têtes comme des B29 au-dessus de Berlin en 44.
Nos plaideurs ont riposté vigoureusement.

C'est que notre défenseur, l'immense cabinet Chilles, a une réputation à tenir.
Ils nous ont tout de suite dépêché Patrick, un jeune premier, futur cador, un protégé des grands pontes, un virtuose de la cause, un charmant tueur.
Le prototype parfait de l'exécuteur des prétoires.
Enfin, c'est comme ça qu'on nous l'a présenté.
Il a pourtant l'air d'un gamin imbécile, même pas prétentieux, un dévoué, souriant, cheveux trop longs, la raie plantée au milieu en doubles vagues ondulantes, la cravate desserrée sur un col déboutonné, des lunettes à 30 % de remise (à cinquante ans, il les aurait eues à moitié prix…), des chaussures cirées avec des lacets de baskets.
Mais il y croit.
Même pas peur, l'hurluberlu !

Une forêt a certainement été rasée pour être transformée en dossier à charge.
C'est un bosseur.
Il accumule des torts, des textes, des causes et des précédents.
C'est touffu, mais c'est lent, abscons… con, surtout.

C'est impressionnant comme la paperasserie peut ne rien faire.
Jacques était de plus en plus furieux, et nous tous, de plus en plus perdus.

Aucun endroit où aller, un imbroglio total, une agitation permanente, des flamants roses qui crient les pattes dans l'eau froide.
Une tension, un ennui et une fatigue.

C'est à ce moment que de ma masse de livres en mouvement a surgi un monstre hors du commun qui correspond tellement à cette situation imbécile.

La conjuration des imbéciles (justement) de John Kennedy Toole est réellement une histoire extraordinaire !

Tout d'abord celle de l'auteur.

Le manuscrit est écrit aux alentours de 1963, mais ce pauvre John ne parvient pas à le faire publier. Au désespoir, le jeune homme se suicide en 1969…

En hommage, sa maman contacte un universitaire influent pour qu'il en prenne connaissance. Touché par l'histoire de cette dame, mais dubitatif, il lit par politesse, persuadé qu'au bout d'un chapitre, il pourra expliquer les refus tout en valorisant un talent ne demandant qu'à être travaillé…

Le premier chapitre n'étant pas assez mauvais pour justifier l'arrêt de la lecture, il lit le deuxième… pas mal… le troisième… intéressant… le quatrième… mais c'est bien !…

Il fait publier le livre à 2 500 exemplaires en 1980. L'année suivante, c'est le Pulitzer !

Je me suis retrouvé à ouvrir l'un des 1,5 million d'exemplaires vendus.

Un livre loufoque, corrosif, rocambolesque, bien mené et à l'écriture parlée qui se traverse avec plaisir et réflexion.

Des personnages complètement barrés avec l'imposante stature d'Ignatus qui domine tel un Don Quichotte irascible, sectaire, ambigu et drôle.

Un véritable livre culte qui m'a permis de passer cette période avec recul et sourire.

En fait, j'ai complètement lâché le guidon pendant un temps !

Jusqu'au procès…

Chapitre 10

Le procès fut kafkaïen…

Ou presque…
Dans son chef-d'œuvre, cet incompris de Franz Kafka nous livre une farce sur l'inhumanité à l'humour surréaliste.
Lugubre et tragique.
Une fable oppressante, cauchemardesque, où l'inculpé ne sait jamais de quoi il est accusé et ne comprend aucun des mécanismes qui vont le conduire… enfin, je ne vous dis pas tout.

Notre Patrick, notre avocat, sauveur autant que tueur, décida de riposter à l'attaque de ses confrères.
L'attaque portait sur quoi ?
Ainsi que Joseph K., le héros de Kafka, je n'en ai aucune idée, comme la majorité des cadres de l'Entreprise… sans importance, évidemment… c'était un recours contre… ou alors une injonction en fonction des lois sur la codification des marchés publics… enfin bref.
Une attaque violente, ciblée, largement étayée par des montagnes de papiers… une avalanche immaculée de « Clairefontaine » 80g… un lâché sauvage de feuilles volantes.
Patrick, débordé, paniqué, suait à grosses gouttes et invoqua, supplia maître Chilles d'intervenir, de faire jouer ses relations, ses plaidoiries… son invincibilité.

Chilles sourit, persuadé que l'affrontement n'était pas en rapport avec sa stature de colosse ou que Patrick devait s'en sortir ou que nous ne méritions pas sa grandeur… ou il boudait.
Ça boude, un invincible, lorsque ses caprices ne sont pas pris au sérieux, lorsque vous ne lui donnez pas la somme qu'il veut…

Patrick se drapa des habits de son irrésistible Patron, défendit habilement, au nom de son Maître, le dossier bien maigre… obtint un petit succès méritant et, ne se sentant plus, se lança vigoureusement dans une attaque échevelée.
Follement.
Son Maître ne le regardait point, il se mirait, boudait encore.

Quelle faille trouva Patrick ? Quel angle d'attaque osa-t-il entreprendre ?
A-t-il eu l'aval de son Mentor avant de fourbir ses armes ?
Évidemment, nous autres, les sbires, nous n'avons rien compris à cette finasserie tactique.
Nous n'avons vu que le résultat… édifiant.

Un laminage…

La machine broya Patrick… sur quels arguments ?
Personne n'a saisi, vous vous en doutez.
Sur un oubli grotesque… une procédure non maîtrisée… un acharnement de la partie adverse, aussi.

Un juge, (dés)incarnation de la justice, se concentra uniquement sur la forme et la condamna… il ignora superbement le fond pour démontrer de sa superbe, sa parfaite impartialité…

La décision était injuste ?… Peu lui challait…
Vraiment, quelle importance… les procédures étaient respectées… les papiers classés, tamponnés… glacés…

La conscience…
La quoi ?…
Non, ne rêvez pas… la conscience n'a aucune place dans les affaires.
La conscience est dans les livres, elle est dans l'art, dans la magie de la vie.
Elle est dans un poème de Péguy, dans une fable de La Fontaine…
Elle est subséquente à la beauté, la précède, elle permet de bien faire, de faire le beau et, poussée à son paroxysme, engendre le panache.

Le panache !

Celui de *Cyrano de Bergerac*, le faux, l'inventé par Rostand.
Cyrano doit être vu, au théâtre, mais il est aussi beau quand il est lu. Rare.
Edmond, l'auteur, ne nous montre pas le panache, le texte devient le panache.
Les mots rebondissent, s'enroulent, s'arabesquent malgré la contrainte du genre, malgré les rimes.
Avec elles.
Une pièce de théâtre doit aller à l'os, se décharger du superflu, pour laisser la place à l'interprétation, à l'acteur.

Cyrano exagère tout, ne respecte pas l'acteur, le contraint à enfiler ses bottes, à s'équiper de son épée, l'enlaidit de son nez.
L'acteur est aux ordres… aux mots.
Et le texte se surpasse… lisez le passage du nez… lisez-le à haute voix… vous avez compris ? Vous savez maintenant où est le panache, ce qu'est le beau.
Vous êtes en conscience avec le verbe, avec l'art.
Le Vicomte ne méritait-il pas d'être pourfendu ? Pour la beauté du geste !

Aucun juge n'aura jamais le nez de Cyrano…

Chapitre 11

Je vous ai expliqué bien des choses.

J'ai beaucoup dit, je n'ai rien dit, il fallait comprendre mes révoltes, mes aboiements, et il n'y avait rien à comprendre de plus que vous ne savez, finalement. C'est sous vos yeux, dans votre nez, puisque vous reniflez ça toute la journée. Tout va trop vite, une hystérie, alors on glisse sur les choses, sur les évidences, on court trop, mais où ? Vite, en tout cas, et ça s'accélère. Quand ça va trop vite, c'est qu'on vieillit. On ne vieillit plus lentement à notre époque. On vieillit d'un coup. D'un coup dans le dos par les autres qui passent trop vite. Trop vite pour vous. On n'a pas le droit de vieillir, même pour mourir. On ne prend plus le temps de mourir. On ne prend pas le temps de vivre, non plus. On ne prend pas le temps.
Juste courir.

J'ai couru en blablatant… vitupéré tant et plus… me suis agité… rien n'a bougé… ils veulent me virer… et il faut que je trouve une idée.
J'en suis toujours là !

Mais rien ne me vient de plus que mon arsenal classique et inefficace.
Heureusement, les péripéties judiciaires et le désastre annoncé ont provoqué une sorte d'accalmie. On court,

mais en rond dans une situation superlativement redondante.
Nous attendons la réaction du Grand Avocat maître Chilles qui ne peut laisser faire ce désastre.

J'en profite pour me faire petit, tout petit, sous radarisé, furtif.
Pas de bruit, pas de son, en tentant d'explorer une autre piste évidente.
La fuite !
Ce ne serait pas la première.
Il faut juste se concentrer, chercher, refaire un CV avec de la couleur, des logos, une photo et des pages, pas trop, mais plus que les autres.
Toujours plus.
Se remettre dans la compétition.

Pour les contacts, c'est facile, à mon poste, avec mon bâton de Maréchal des Achats, les sollicitations sont a minima trimestrielles.

« Nous cherchons un Manager pouvant accompagner notre développement à l'international. D'une formation Bac + 32 dans le domaine de la logistique intergalactique, fort d'une expérience incommensurable et d'une fraîcheur de perdreaux de l'année tout en ayant une dentition de requin blanc, vous vous intégrerez dans une équipe soudée qui vous maudit déjà. »

Oui, sous les dehors aseptisés des annonces officielles et savamment policées, se profilent des antagonismes brutaux.

Les sociétés veulent en priorité du jeune cadre dynamique masculinement blanc, bardé de diplômes

impressionnants, connaissant depuis plusieurs décennies un domaine hyperspécialisé pour mettre en place de nouveaux procédés…
Les recruteurs se rendent-ils compte qu'ils demandent d'avoir de l'expérience sur le futur ?!

Vous êtes là pour renverser une montagne qui n'attendait que vous pour être piétinée…
Être innovant tout en ressemblant le plus possible à Monsieur Archétype… Deux trous dans les membres et zou dans un classeur !

Le chasseur de têtes qui me reluquait du haut de son fichier Excel n'en croit pas sa boîte mail. Il va pouvoir facturer un client aux abois attendant le sauveur.
Et qui n'aime pas attendre.
Il faut dire que l'envie d'un collaborateur lui a pris comme celle de déféquer en pleine tourista sud-américaine.

Vous êtes la résolution de ses problèmes, il vous laisse du temps pour que vous démontriez que ses idées sont les bonnes lorsqu'elles seront les vôtres.

C'est assez grisant, un processus de recrutement, vous vous retrouvez un peu dans le rôle du Joueur de Dostoïevski.

Dosto est vraiment un coup de cœur.
J'aime son style brut avec beaucoup de dialogues, ses réflexions profondes, ses digressions, sa manière de mener une intrigue… sa passion !
Le Joueur est une œuvre de commande pour un auteur perdu financièrement dans l'enfer du jeu. Les con-

traintes lui font faire une livre en un mois sous peine de perdre tous les droits sur la vente de ses textes pendant neuf ans !

Ça, c'est du contrat de merde !

Le roman est court, racé, et il donne le meilleur de lui-même pour séduire éditeurs et lecteurs. Il se surpasse, s'invente, se régénère… pour conclure avec succès son entretien d'embauche avec l'avenir… qu'il massacrera comme le joueur impénitent qu'il est.

J'ai joué avec le recruteur, me suis présenté à l'entretien après m'être motivé devant la glace genre De Niro dans *Raging Bull*.

« I'm ze boss ! »

J'ai démarré la machine à faire du vent et voilà ce qu'elle signifiait en substance :

— Tu cherches un cador, un putain de bon manager des Achats qui va péter la baraque, qui ne se contente jamais d'un refus de baisser les prix, qui a une âme de conquistador ? Tu l'as trouvé, mon chou !

— Vous êtes vraiment motivé pour un poste créateur de valeurs, pour optimiser des pratiques au sein d'une entreprise visionnaire à l'ambition sans limites ? C'est ici que ça se passe !

Mouais, si j'étais vraiment le demi-dieu d'une entreprise en quête d'immortalité, qu'est-ce que je foutrais à t'écouter m'expliquer que tu vas révolutionner le marché des robinets ?…

Des robinets !

Non, mais tu t'écoutes, des fois, mon chou…

D'ailleurs, tu ne m'écoutes pas non plus…

Parce qu'autrement, tu te serais rendu compte bien avant que tu n'allais pas me donner ce job.
Je ne le voulais pas du reste.
Des robinets…

J'ai pourtant toutes les qualités pour ce poste, j'en ai même trop.
L'âge.
C'est ça que tu n'as pas écouté… mon chou.
Passé cinquante ans, la lecture de votre date de naissance provoque invariablement un rictus incontrôlable et irrémédiable.
Le mouvement des lèvres devient traître : un « ah merde » soufflé en silence.

Vous pouvez toujours expliquer votre expérience. Mais qu'est-ce que l'expérience ? À part se rendre compte que ce n'est pas la première fois que vous faites la même connerie !

L'expérience ne sert à rien, c'est la sagesse qui compte. Mais la sagesse, c'est lent, ça hésite, ça ne veut pas bouger, ça circonvolue, ça se tortille tout mou, ça parle beaucoup, ça se donne des airs, ça cause d'un autre temps, ça emmerde.
Ce n'est pas industriel !
Encore moins moderne…

Hemingway en parle mieux que moi, bien sûr, dans son *Vieil Homme et la Mer*. Hemingway qui refusa, à coup de chevrotine, le temps qui passe… Regardez Santiago, ce pêcheur cubain qui lutte contre un poisson et surtout contre lui-même. Et personne ne peut

l'aider, c'est lui, c'est sa lutte, son combat. Il ne ramènera que des arêtes, un bout d'espadon. Dans cette mer(de) qu'est le monde du travail, vous devenez vieux à cinquante ans, lourd, épais, bientôt immobile.
C'est ce qu'ils s'efforcent de croire en voulant vous le faire croire.
Allez donc savoir pourquoi ?
Pour se rassurer ?
Par peur d'être contaminé ?

Tous ces jeunes cons ont de l'ambition... Qu'ils patientent suffisamment et ils deviendront ces vieux cons qu'ils exècrent.

Il faut aussi se rendre compte que les postes de cadres supérieurs sont tellement importants pour une Entreprise, il a fallu tellement d'efforts pour déterminer le plus finement possible le profil idéal de ce Superman, que personne ne veut voir... un vieux, un moche, un fripé...
Non, on veut du sourire, de l'avenir, de l'œil malicieux, du nouveau souffle, du bulbe dans la boîte crânienne avec une cage thoracique d'athlète, du faux modeste tellement social que ça ne trompe personne et fait plaisir à tous.

Il faut surtout être en adéquation :
On a défini un poste comme un écrin, on veut y mettre un bijou en son sein... pas une cuillère en bois !... Même si c'est votre besoin véritable...
Diantre !
Il faut que ça ait de la gueule, tout de même !

Un vieux, ça ne valorise pas un poste, un vieux, ça justifie mal les honoraires des chasseurs de têtes, un vieux, ça ne donne pas d'élan à toute une équipe.

Un vieux, ce n'est pas merveilleux…

Chapitre 12

La vengeance n'a pas traîné !

Maître Chilles s'est déchaîné.

Il faut que je vous dise… Maître Chilles est un costaud en costard… un rugbyman devenu avocat… le double mètre à peine bedonnant… des épaules à se coincer dans les chambranles des portes qu'il défonce… une tête à vous faire croire que l'homme descend de l'ours… des volées de mots qui se désinhibent en fonction d'une consommation de liquides proche de celle de son pick-up rutilant !

Il a tout d'abord fait le tour de ses connaissances, traînant la dépouille professionnelle de Patrick comme un justificatif à ce qui allait se passer, cherchant des âmes compatissantes (et corruptibles…), des personnes influentes ou pouvant influer sur les influents, tout en se drapant du tissu blanc de la virginité écarlate… mais en fourbissant les armes noires de la colère et de l'égo martyrisé.

Maître Chilles devait retrouver ce qui faisait sa réussite, son permis de travail, son permis d'exister : sa crédibilité.

Pour cela une seule façon : être impitoyable.

Devenir l'incarnation de Heathcliff, le terrible personnage d'un des livres les plus dérangeants de l'histoire : *Les Hauts de Hurlevent* d'Emily Brontë.

La jeune auteure, prisonnière d'une époque victorienne terriblement guindée pour tous, mais corsetée bien serrée pour les femmes, parvient à créer des pages ahurissantes, au bord de la folie.

Pourtant, rien ne prédestine cette famille bien rangée, simple et isolée, à devenir une pépinière de talents.

Charlotte a ouvert la voie avec *Jane Eyre*, Anne écrira *La Dame du manoir de Wildfell Hall*, et Branwell, le frère considéré comme l'artiste de la famille… en deviendra le boulet.

Trois chefs-d'œuvre dans une fratrie ! À cette époque !! Et pour des femmes !!!

(N'y voyez aucune misogynie… l'accès à l'art était tellement difficile pour Elles à cette époque…)

Parlaient-elles entre elles de leurs projets ? De leurs façons d'écrire ? Qui eut l'idée la première ? Est-ce une émulation ?

Comment ont-elles partagé leur passion ? Leurs envies de briser les codes, leur courage, leurs expériences ?

C'est dans ce contexte qu'Emily créa Heathcliff, un homme ravagé par la passion, odieux, cynique, impitoyable, en proie à une furie de vengeance.

La lecture de ce roman en devient difficile par moment, car sans répit et sans espoir.

Maître Chilles, homme affable dans les pince-fesses de la Capitale, est devenu (ou redevenu…) cette incarnation du mal… de celui qui veut faire le mal… à tout prix… parce que tout a un prix… chaque homme a son prix… et un juge est un homme.

3

Maître Chilles ne pouvait échouer... Oh, non !...
Le petit monde des prétoires se pâma bientôt à ses pieds d'or, les bruits les plus fous couraient sur la probité du cabinet Lector, de plus en plus étayés par des preuves en ragots lors de splendides soirées organisées pour qu'on ne parle que de ça, avec des mots savamment entretenus par des journalistes de banquets, corrompus mais télégéniques, et des politiciens aussi influençables qu'incontournables.

En appel, le juge fut retourné, l'opinion publique de ce petit monde secret fut soulagée lorsque le marteau tomba définitivement sur la tête du cabinet Lector.

Plus un client ne vint dans les bureaux sis aux Champs-Élysées, plus une affaire ne sonnait au téléphone, les avocats regardaient mourir leur vanité dans les yeux de leurs assistantes démissionnaires.
Ils n'étaient plus craints, mais moqués.
Le doigt de la justice les désignait à la vindicte et surtout à la cessation d'activité.

Maître Chilles ne cria jamais victoire, l'affaire avait été sérieuse et laissait des traces.
Sa radicalité l'avait poussé dans un monde d'où on s'éloigne un peu plus du genre humain.
Puissant, mais détesté, vainqueur, mais seul.
Les taches sur son costume ne partiront jamais au pressing, des taches qui grattent la nuit, comme des bouts de cancer qui se voient, qui ostracisent autant qu'elles contaminent.

Et moi dans tout ça...

Toujours dans l'œil du cyclone, pas un souffle au milieu des vents violents… ça ne dure jamais longtemps…

Je ne savais pas où allait l'Entreprise dont je ne pouvais réellement me défaire, mais qui voulait certainement me virer.

Et je ne trouvais aucune solution à ces problèmes, même pas une simple petite idée de génie ; proprette, intelligente, logique, machiavélique.

Voilà où j'en étais après cette longue période de lutte et de doute…

Juste avant que la pression ne remonte d'un, voire de deux ou trois, quatre crans…

Juste avant que les bataillons ne se remettent en ordre de marche, avant que les ordres ne soient donnés.

…

Heureusement, il y a la littérature qui me porte… mais ne me sert à rien dans le boulot.

À rien !

Vraiment ?…

DEUXIÈME PARTIE

Chapitre 13

Les bonnes idées me viennent sous la douche…

Il y en a qui chantent très bien dans une salle de bains et qui se pensent chanteurs !
C'est la faute aux murs et à l'espace confiné.
Ah, si les concerts se faisaient dans les salles de bains, au milieu des faïences et de l'inox, vous seriez une star !…

Je réfléchis mieux sous la douche et je me pense génie ! Le problème évident est que je ne peux noter quoi que ce soit… rien dans les poches… pas de poches, surtout… pas de téléphone non plus pour tapoter un mémo… encore moins d'ordinateur portable… j'articule sous l'eau quelques mots pour ne pas les perdre dans la bonde… j'abrège le shampoing… je me sèche en regardant la serviette de loin… et j'oublie la moitié de l'idée qui devait me sauver… ou l'humanité tout entière.
Quel gâchis !

C'est normal de réfléchir intensément dans un tel moment pour un presque hyperactif comme moi. La douche est un instant de calme, dans le réconfort de la chaleur, personne pour m'embêter, aucune activité pour me distraire, aucun bruit que l'écoulement, rien à voir que les carreaux, en face à face avec l'eau chaude et cette matière grise en continuelle ébullition.

Alors je bous, je ressasse, je rejoue les scènes de la journée et je trouve des solutions limpides, mais qui s'évaporent au moindre petit peton en dehors du jet… pour devenir froides comme le carrelage.

Je me perds aussi, un peu, à force d'accumuler des idées à toute allure n'ayant que moi pour sujet. Je les empile avec dextérité à la vitesse des gouttelettes, dans une désorganisation fiévreuse.

Je me fais penser à un livre de Moix, *Naissance*, par exemple.
Un très bon gros bouquin : 1 kg 500.
D'habitude, je ne lis que des livres de poche. Pourquoi ? Parce que poche… pratique… et comme je voyage.
Et puis j'ai eu envie de le lire suite au dézingage dont il a été victime par des critiques sans valeurs (ni artistique ni morale). Cela prouvait déjà l'appartenance de l'œuvre à la littérature.
Devant la brique hypertrophiée que représente l'engin prêt à lire, je me suis dit que j'avais trouvé un bon système de défense en cas d'attaque… pratique… et comme je voyage.
En voilà un qui fourmille d'idées, saute de l'une à l'autre en arabesques virevoltantes, accumule les phrases pour tourner autour d'un sens…
Bien sûr, Moix ne parle que de lui, mais s'il n'était pas méga égocentrique, il se serait nommé Noux, non ?
Vous croyez que je vais en dire plus sur un critique ? Je ne suis pas fou… un brin cynique, peut-être…
Moix ? J'adore.
Débrouillez-vous avec ça…

Me voici nu, je réfléchis encore à ma situation précaire dans l'Entreprise… et voici qu'une idée bien farfelue illumine les cases sombres de mon cerveau, puis disparaît, pour ressurgir, résiste, s'alimente, embrase, devient évidente, limpide.
— Non, c'est trop, ce serait incroyable, tout de même ! Ça ne se peut.

Et l'idée qui avait reculé, presque disparu, noyée corps et âme, refait surface, lancinante, puissante, revient de loin, se rapproche, déferle à nouveau.

Je suis de plus en plus nu (puisque c'est le cerveau qui n'a plus rien à se mettre maintenant), plus d'eau sur moi non plus, dépouillé par cette idée qui me glace par son évidence et son absurdité.
— Allez, reprends-toi, ce sont tes livres qui t'obsèdent, qui t'éloignent du monde réel, qui t'attirent vers la folie…
Une drogue…

Tout cela demande vérification, du pragmatisme…
— Reprenons dans l'ordre.

Réfléchir.

Parce que les idées géniales naissent souvent d'une constatation stupide…

Chapitre 14

Et ne me dites pas que c'est faux !

Prenez Newton et sa pomme sur l'occiput qui nous donne une théorie de la gravitation universelle ou Archimède barbotant dans son bain tout en se rendant compte que son corps plongé dans un fluide au repos et entièrement recouvert par la mousse subit une force verticale dirigée de bas en haut et opposée au poids du volume de fluide déplacé par ses fesses (et le reste aussi).

Je remâche l'idée et je me sens excité, nerveux, gonflé d'une énergie qui se propage.

J'aime ces moments de calme avant la tempête, cette inspiration qui promet de l'action.
Je m'emmerde dans le clapotis.
Je jouis dans la houle.
Je me demande si je ne crée pas des problèmes pour avoir le coup de tabac qui me fait du bien ?
Comme n'importe quel cadre supérieur, en fait.
Voilà pourquoi dans les Entreprises, ce n'est jamais calme, jamais serein.
Monde du travail et sérénité sont simplement antinomiques.

Patrons, vous voulez être tranquille avec vos cadres ?

Foutez le bordel !

Créez du remous !

Il faut bien qu'ils dépensent ces réservoirs à testostérones (quel que soit leur sexe !) comme le faisaient toutes ces divinités pullulant l'Antiquité…

Je pense à ces héros, car les prémices de ma grande découverte remontent au moment où je lisais *Ulysse* de James Joyce.

Ce n'est pas le monde antique, mais on y vient.

Un texte très particulier, déroutant, envoûtant, où l'auteur déconstruit les structures narratives conventionnelles et tente différentes reconstructions.

Le but étant de porter l'émotion au plus près du lecteur pour qu'il soit imprégné par le sens que portent les mots. Joyce explose le cadre de la langue pour la renouveler dans son essence en s'intéressant à la versatilité d'un raisonnement, son cheminement, son impermanence.

Les prétextes sont les pérégrinations de Bloom et Dédalus durant une journée à Dublin, représentant Ulysse et Télémaque dans les mouvements de l'*Odyssée*.

Le fond, la forme, annoncent une exigence et une complexité hors du commun.

Surtout, n'essayez pas de tout comprendre, ne relevez pas toutes les allusions, laissez-vous guider par la vague.

Et ne vous imposez pas de lire ce livre… ne vous battez jamais contre lui.

Venez à lui au bon moment.

Laissez-le vous vaincre, regardez les portes qu'il ouvre avec étonnement et bienveillance.

Vous attraperez quelque chose qui illuminera votre façon de voir la littérature et qui vous fera mieux comprendre les écrivains ayant choisi d'explorer les pistes défrichées par Joyce.

Vous aurez compris que cette lecture m'a laissé avec quelques questionnements, des incompréhensions aussi et des bonheurs à venir.

Il me manquait quelque chose pour mieux comprendre ce livre, pour en percer les mystères, pour tenter de m'en approcher, de l'appréhender… une clef… très ancienne…
Une évidence se profilait : relire *L'Odyssée* d'Homère. Pour cela, il fallait en passer par l'*Iliade*, et puis faire également un détour du côté de Virgile et son *Énéide* (en quelque sorte le troisième tome de l'épopée).

Quand je dis relire *L'Odyssée*, c'est un peu prétentieux. Cette histoire, je l'avais parcourue étant gamin au travers des bédés et de textes simplifiés. Elle m'avait attiré, s'était installée dormante comme un espion soviétique en pleine guerre froide.

J'adore écouter les livres quand ils vous parlent d'autres livres pour créer d'autres rencontres.
C'est le propre des rendez-vous au bord des pages. Ainsi, des allusions, des remarques donnent l'envie d'autres mots, d'autres romans… attisent des attirances… des curiosités… créent un cheminement… une pensée.
Et…

Des découvertes…

Chapitre 15

Attendez, l'idée génialement saugrenue arrive !

Il faut d'abord que je vous parle d'Ulysse… c'est de sa faute !
Le salaud !

J'ai donc effectué la plongée abyssale dans un autre monde, une autre époque, d'autres Dieux et une flopée de demi-dieux.
Homère.

Des écrits presque trois fois millénaires qui disent tellement sur l'humanité.
L'histoire commence avec l'écriture, la culture commence avec l'écriture… Que nenni.
Foutaise !

La culture est dans l'homme.
Regardez une grotte cro-magnoniesque, explorez la pénombre et essayez de comprendre pourquoi des hommes pendant des décennies se retrouvent pour dessiner dans des endroits presque inaccessibles, en utilisant des techniques de pointe pour l'époque (pigmentations, échafaudages, objets spécialisés) pour lesquelles il faut transmettre et se perfectionner, bravant des dangers mortels pleins de poils et de crocs.

Ils se racontaient des histoires, ils en avaient besoin… Et lorsqu'on raconte une bonne histoire, de belle façon… c'est déjà de l'art.
Imaginez les descendants de ces hommes préhistoriques tentant de s'organiser pour se protéger, se rassemblant en villages, en villes, complexifiant leurs relations aux autres, à la nature, inventant la propriété, le partage des richesses, les lois, un ordre, ayant la nécessité de mémoriser ces structures, et pour cela créant un outil complexe, coûteux, demandant la formation de personnels.
Cet ordinateur des temps anciens, c'est l'écriture et son scribe.

Ce système indispensable, performant et terriblement sophistiqué est immédiatement détourné de son but pour… raconter des histoires.

Oui, et surtout les mémoriser, pour leur beauté, leur essentialité.

Vous sentez l'importance de ces premiers textes et le respect qu'ils doivent inspirer.

Allez, relisez ce passage pour vous imprégner…
Si !
Imaginez les descendants de ces hommes préhistoriques tentant de s'organiser pour se protéger, se rassemblant en villages, en villes, complexifiant leurs relations aux autres, à la nature, inventant la propriété, le partage des richesses, les lois, un ordre, ayant la nécessité de mémoriser ces structures, et pour cela créant un outil complexe, coûteux, demandant la formation de personnels.

Cet ordinateur des temps anciens, c'est l'écriture et son scribe.
Ce système indispensable, performant et terriblement sophistiqué est immédiatement détourné de son but pour... raconter des histoires.

C'est bien d'avoir relu...

Il faut aborder Homère avec cet émerveillement sur la nature humaine.
L'*Iliade*, écrit en 800 avant le crucifié, raconte une histoire qui a déjà plus de 400 ans... que l'on se transmet oralement depuis ce temps... et que l'on reçoit maintenant avec fascination.
Compliquée... d'un autre temps... pourtant, il faut peu de pages pour qu'elle nous touche... qu'on se sente au sein de la troupe... dans l'odeur du sang, du sable... et puis cette fumée qui démange les yeux... dans le silence angoissant des cliquetis des armes en bronze, vous savez, ce bruit lourd et fragile qui fait mal aux dents... dans la lumière hésitante et crépitante des feux de camp... oui, vous y êtes... cette odeur de cuir n'est qu'un bœuf périssant... sacrifié... dans ces yeux implorants, des nuages peuplés de Dieux invisibles et obtus... joueurs, manipulateurs, égocentriques, turbulents... des gamins incorrigibles dotés d'une puissance comparable à nos bombes atomiques inutiles, mais mortelles.

Et puis il y a ces héros dont pas un n'est fréquentable... mais aucun n'est une caricature... des névrosés impudiques sombres et terrifiants...
Quelle modernité de nous faire admirer des hommes sans morale !... Des hommes vrais malgré leur divinité partielle... des forces qui nous touchent par leurs faiblesses.

Homère amplifie une réalité, aidé par des dizaines de conteurs anonymes, les montagnes deviennent des Dieux, les torrents des malédictions, les hommes des superhéros plus humains que votre voisin.
Tout est faux pour être encore plus vrai.

Ne vous trompez pas, Homère est une lecture difficile. Des personnages en pagaille aux noms improbables, des tournures de phrases à s'y reprendre, des contextes à deviner.
Et Homère n'est pas là pour expliquer, il vous donne la connaissance de la vie par la description des choses, pas par l'analyse.
Le ressenti pour comprendre.
Le ressenti pour comprendre… prodigieux !

Vous creusez le livre et vous êtes Schliemann, le découvreur de Troie, persuadé de la véracité de ce récit d'exagérations, cherchant dans sa tête, dans les livres, dans la terre, la dynamitant. Parce qu'il est sûr, certain, tout ça a existé, ça ne peut être que la réalité.
Il avait raison.
Bien sûr.
Comme lui, vous le savez quand vous lisez ces poèmes magnifiques.
On ne peut inventer des sentiments si forts, des intrigues si complexes.
On ne peut pas créer ce monde troyen à partir de rien… Il suffit de déformer la réalité… pour qu'elle soit plus vraie que jamais.

Peut-être qu'Homère n'a jamais existé… mais il écrivait bien…

Chapitre 16

Et là… le choc !

Mais pas tout de suite.
Non.
Je suis con, des fois…

J'étais en train de me bâfrer *L'Odyssée*, obnubilé par les aléas, les tempêtes, les batailles, les femmes à poil, et je ne m'étais aperçu de rien.
J'étais un cyclope ayant perdu un œil…

Souvent, on ne voit pas des évidences par manque d'observation, d'attention… d'intelligence.
Les hommes ont longtemps cru que la Terre était plate… et certains s'en persuadent encore.
Alors qu'un bateau apparaissant à l'horizon n'offre d'abord que son mât à la vue et jamais sa coque.
C'est une preuve irréfutable de la courbure de la planète !
Pas besoin de calcul ni d'expérience.
Juste prendre le temps de regarder et ne pas être stupide…

Comment douter un instant que la Terre tourne autour du Soleil et non l'inverse ?
Des hommes sont morts à cause d'une telle évidence et de la Question de ce vicieux tortionnaire qu'était Torquemada, Maître de l'Inquisition.

L'Église ne devait pas avoir d'évier…
Parce qu'au moment où vous le videz, le tourbillon créé n'est que l'effet de cette rotation sur le liquide.
Autrement, pas de tourbillon.

C'est sous nos yeux… bon Dieu… enfin, si je peux me permettre.

J'étais donc dans mon *Odyssée*.
Oui, mon *Odyssée*.
Car je ne vois dans ce texte qu'un voyage intérieur pour reprendre sa vie en main, une forme de recherche du fil de sa propre destinée pour se remettre à la tricoter.
Un cheminement long et bousculé, incertain et dangereux.
Nécessaire.

Un voyage à l'intérieur de soi ne peut être que le vôtre.
D'ailleurs, si Iliade est le nom antique de Troie, Odyssée signifie simplement Ulysse.
L'odyssée d'Ulysse… Elle ne peut être qu'en lui, et à l'intérieur de vous lorsque vous la lisez.
Le chemin est forcément tortueux, composé d'amis, d'obstacles, d'amours, de trahisons, d'humiliations, d'échecs, de temps perdus, d'accidents de la vie, de conquêtes, de reconquêtes, de perditions, de choix désastreux, de choix heureux.
De choix…

Encore une fois, Homère nous touche par l'authenticité sous le masque de l'aventure.

3

Et puis, sous la douche, donc… comme dans un maelstrom, les noms ont dansé… tourbillonné… se sont entrechoqués… en se percutant avec bruit dans ma tête tambour… comme des atomes dans un accélérateur de particules… pour créer une autre matière, un boson de Higgs (un élément né en laboratoire d'une collision énergétique colossale)… mélange de ma vie, de mes lectures, de mon métier, de mes problèmes…
J'ai fait tremper tout ça dans l'eau chaude, bien enfermé entre les faïences.

Au début, ce n'était qu'un brouillon débile et drolatique, des associations d'idées loufoques, puis les idées se sont incrustées, agrippées.

Un psy aurait parlé de névrose et je l'aurais emmerdé…

Il y avait **Hélène**, bien sûr, et cette société qui s'appelle **LIAD**…
Hélène… Iliade… Ça ne vous fait pas bizarre, d'un coup ?
Lector, le cabinet d'avocats… à une lettre près, nous avions **Hector**, le célèbre héros.
Et le grand avocat **Chilles**… il ne manquerait plus qu'un A pour faire **Achille**…
C'est farfelu, hein ?!
Patrick, le protégé de **Chilles**… si proche de **Patrocle**.
Oui, ça peut sembler absurde.
Mais tout de même, Jacques…
Oui, **Jacques Ménèle**… Homère a bien parlé d'un **Ménélas**… le Roi qui se fait souffler sa Reine par **Pâris**… tiens, Paris, la ville qui a su enlever **Hélène**.

Ça semble bien tordu, tout de même.

Et notre Entreprise qui se nomme **ACA**… La profession nous surnomme les **acaens**… cela fait terriblement penser à la façon dont Homère nommait ce peuple en face des murailles de Troie… les **Achéens**.

Oui, avec un sourire, vous suivez mon raisonnement (si c'en est un)… et pendant ce temps, je prends froid dans ma salle de bains !

Vous voulez un résumé de *L'Iliade* pour mieux comprendre ce que je veux dire ?
Eh bien, tapotez sur Wikipédia et vous en saurez plus. De toute façon, c'est ce que vous auriez fait sans même que je vous le susurre.
Je vous attends quelques instants, je veux bien être patient…
…
Vous y êtes ?
…

Oui, il y a bien quelques différences. Dans mon histoire, Ménélas et Hélène ne sont pas mariés, Pâris n'est pas un homme, mais une ville, (A)Chilles aime l'argent, (I)Liad(e) n'est pas une ville… etc.
Mais tout de même…
Les noms, les forces qui animent les protagonistes, le thème… zut alors ! C'est troublant, tout de même !

Je sens bien que je m'engloutis dans cette histoire plusieurs fois millénaire, que mes pieds se dérobent sur

les sables mouvants du poème, que le récit m'envahit, me possède, qu'il m'oblige à ne voir que par lui.
Je vois bien cet imaginaire se mélanger à ma vie.
Tout juste si je ne croise pas les protagonistes contemporains se balader en jupette avec un glaive à la main... enfin, si, je les vois... dans les résidus de rêves au petit matin...

Ainsi, *L'Iliade* s'immisce dans ma vie...

Chapitre 17

Oh, je n'ai pas tout trouvé d'un coup.

J'ai essayé de réfléchir le plus froidement possible.
Pour me persuader que je ne suis pas fou… enfin, pas trop fou… ou pas tout à fait fou… Ah merde, je sais bien que ça a l'air débile !
Bref, il fallait que je me rassure sur ma propre santé mentale.
Ce qui n'a aucun sens.
Être le juge de sa propre santé mentale, c'est déjà tomber dans la névrose.
N'importe quel psy me le dirait… mais je l'emmerde.

La recherche de la folie n'était donc pas la véritable raison pour laquelle je me suis mis à réfléchir le plus efficacement possible sur ma découverte de salle de bains.

Non, la découverte en elle-même était intrigante et son lien avec mon amour de la littérature me donnait également une envie furieuse de mener une enquête approfondie.
De ne rien lâcher.
Comme Javert…

Celui des *Misérables* du grand auteur… de l'un des plus grands… Sa Majesté Victor Hugo.

Les Misérables, c'est un peu le « pôm-pôm-pôm-pôôôôm » de la littérature.
Les-Mi-sé-rââââbles…
LE roman dont tout le monde a entendu parler, un symbole, une incarnation inaltérable de la littérature.
Monseigneur Hugo a fait bien des textes ampoulés, mais également des textes références qui donnent à réfléchir… mais pas tous enthousiasmants.
Bon…
Cependant, dans *Les Misérables*, il éblouit par un style fluide, une construction novatrice, une histoire portée par un souffle puissant, inextinguible… où l'on passe par toutes les émotions.
Par tous les lieux aussi : des égouts de Paris aux barricades des faubourgs, du bagne aux maisons cossues de la bourgeoisie.
Grandiose !
Maître Hugo a poussé la perfection jusqu'à inventer des personnages qui n'ont pas seulement une composante sociale. Ses lignes se remplissent de chair pour finalement donner naissance à des mythes qui marqueront des générations et entreront dans le langage commun.
Valjean, Gavroche, Cosette, Thénardier… Et Javert…

Je suis convaincu comme lui, intransigeant comme lui… en espérant que la fin soit meilleure pour moi…

La véritable raison de mon obstination dans la recherche de preuves pour vérifier une hypothèse à la construction mentale douteuse n'était pas seulement pour satisfaire un auto-avis médical ni pour donner une nouvelle forme originale à l'expression de ma passion pour la littérature.
Non.

Non, non, non.

Je me devais de chercher les corrélations avec *L'Iliade*, surtout pour une raison : trouver une solution à mon problème : ils veulent me virer !

Vous n'aviez pas oublié, au moins !

Si un destin homérique m'était écrit et que j'en trouvais les preuves plutôt qu'une simple intuition, alors… je trouverais la solution à mon problème et mon salut serait dans les vers du poète.

Et en trouvant le moyen de griller LIAD, je trouvais le moyen de me sauver.

C'est simple la vie, parfois…

Oui, non, je sais… c'est loufoque…

Chapitre 18

Loufoque ? ...

Parce que vous pensez qu'une décision à la tête d'une Entreprise est le fruit d'un moment intense de réflexion organisé par des hommes supérieurs ?

Vous faites « non » de la tête, mais bien entendu, vous pensez un peu « oui ».
Beaucoup plus que vous ne le subodorez.
D'ailleurs, il est possible que vous fassiez « oui » de la tête... mais que vous pensiez un peu « non » quand même.
Ça dépend de qui vous êtes...

Si vous êtes un Cadre Supérieur Dirigeant, vous avez hoché positivement du chef (évidemment) avec un petit sourire.
Parce que vous avez tenté une introspection très (trop) rapide (comme d'habitude) et vous pensez avoir mûrement réfléchi la dernière décision qui vous incombait tout en étant persuadé d'être supérieur au commun de la populace.
Puis, à mesure que vous lisez cette phrase, votre esprit fertile s'est échappé et vous avez songé à la dernière réunion où votre voisin de fauteuil a fait basculer la décision dans un sens absolument inefficace... Du coup, le

balancement est devenu horizontal dans une belle négation et vos traits se sont durcis avec ce froncement entre les sourcils.

Vous êtes égocentrique, presque autant que moi… votre avis ne peut pas vraiment être pertinent… mais vous distinguez que la vérité est finalement très bête… ou terriblement humaine.

Si vous êtes du reste du monde civilisé, vous venez de subir une suite d'impressions contradictoires et violentes.

Par respect instinctif, de celui du peuple dans un Zola, vous avez pensé que ces gens de la « haute » sont rompus à faire des choix qu'ils croient infaillibles, mais se trompent en étant gonflés de certitudes et en dehors des réalités.

Pas faux…

Plutôt « oui », alors…

Puis, comme un réflexe, vous vous êtes repris, un peu comme dans un Zola, en vous disant que ces profiteurs sont vraiment débiles et que les décisions sont à leurs mesures.

Mouais…

C'est un « non », alors…

Au fond de vous, bien loin de Zola et un peu plus proche de Lénine, vous pouvez même être plus radicaux, en estimant possible qu'un complot capitaliste puisse s'ourdir puisque vous en voyez les traces évidentes dans le comportement des journalistes.

Rien que ça…

Et un complot nécessite beaucoup d'organisation et d'hommes compétents. Donc supérieurs…

C'est une forme aveugle de « oui », alors…

Zola, avec son idéalisme noir sur l'hérédité, nous a déjà donné les contours sociaux de nos comportements, les a analysés, pas toujours avec finesse, mais de façons démonstratives et efficaces. Lisez ou relisez *La Fortune des Rougon*, *La Bête humaine*, *Au Bonheur des Dames* ou le sommet qu'est *Germinal*.
Non, tiens, faites-vous la série des vingt volumes des Rougon-Macquart !
Laissez de côté les chapitres à l'amour larmoyant, faites fi des passages au style ampoulé, mettez discrètement sous le tapis les théories sur la dégénérescence pour lesquelles Zola n'a pas vraiment pris le temps de tout comprendre et qu'il ne savait pas défendre… c'est heureux.
Et dégustez une analyse sociétale passionnante appuyée sur une imagination de conteur aguerri par les romans feuilletonnés.
Surtout, vibrez, emporté par le peuple, au son des idées rouges que dans son catholicisme bigot, Zola ne portait pourtant pas dans son cœur…

Non, les décisions ne sont pas prises en toute logique par des hommes exceptionnels.
Ni absurdement pas des incapables.
Ni en fonction d'un grand complot mondial.
Il n'y a même pas de lutte des classes…

C'est beaucoup plus basique que ça.
Les dirigeants des grandes Entreprises, celles qui font le marché, qui sont le marché, utilisent un système très simple…
La cooptation.

Par ouï-dire, par diplôme, par coucherie, par ce que vous voulez, pourvu qu'ils connaissent celui qui connaît un type supposé avoir un gros cerveau bien rempli.
C'est-à-dire qu'ils croient faire le choix de leurs collaborateurs grâce à une donnée objective… L'intelligence !
De fait, ils choisissent sur une base beaucoup plus affective et subjective : par connaissance !

Parce que chaque choix est un saut dans l'inconnu et que la première nécessité est de se rassurer.

Ce n'est même pas pour conserver le pouvoir.
Une telle volonté nécessiterait une organisation, un plan, des meneurs, une coercition.
Impossible, je vous dis.

Non, ils veulent juste se rassurer.
Et justifient à eux-mêmes cette décision en la basant sur un QI estimé, puisqu'ils sont persuadés d'être à ce poste pour cette raison.

L'intelligence…
L'intelligence !

Franchement, non, mais vraiment, franchement !

Qu'est-ce que l'intelligence ?
Je tente.
Faculté et qualité de l'esprit permettant de comprendre de façon rationnelle et s'opposant à l'intuition et aux sentiments.

Vous n'êtes pas d'accord ?

Justement, le problème est là, c'est qu'on a un mal fou à définir ce qu'est l'intelligence... sans que cela ne nous empêche de tenter de la mesurer...
Ce n'est pas très scientifique, ça...

Il y a plutôt les intelligences.
La rationnelle, l'émotionnelle, la conceptuelle... et surtout la manière dont vous utilisez votre cerveau. La curiosité, le dépassement des limites, l'imagination, le charisme.
De plus, la recherche nous apprend que l'intelligence, c'est avant tout de l'inné. Mais ça, ils s'en doutaient déjà.
Vous naissez intelligent, ce qui vous permet de pouvoir vous gaver de données... ce qui prouve que vous êtes bien né.
CQFD !
Et youpi !

Donc si vous êtes d'une haute école, bourré de maths et de formules, biberonné de faits, connaissant des tas de chiffres, d'exemples, d'expériences validant les théories... vous êtes intelligent.
En plus, vous êtes rassurant.
Parce que si on a pu vous gaver jusqu'au dégueulis de mets détestables pour cerveaux encombrés et que vous avez accepté ça pendant des années jusqu'à l'humiliation sans rédemption... ça veut dire que vous êtes obéissants.
Et ça, ils aiment.
Vous allez pouvoir renforcer leurs certitudes.
Vos têtes plombées sont les verrous de la confiance.

Et si vous êtes fils d'intelligent et que vous ne montrez pas de signes de tare, vous êtes également du sérail… puisque ça se transmet… en partie… à ce qu'on dit… en biologie… dans Zola aussi…

C'est tellement logique et mesurable que ça en devient beau.
Comme lorsqu'une figure géométrique faite d'entrelacements redondants et complexes devient hypnotique.

En cas de doute ?
Regardez le compte en banque… Les Hauts Dirigeants ont du fric et sont intelligents… donc si vous avez du fric, c'est que vous êtes…
Vous avez suivi ?
Bravo ! Vous êtes intelligent !
Ça ne m'étonnerait pas que vous deveniez un Chef d'Entreprise prospère (youp la…).

La culture ?
Bon pour les soirées entre amis devant un « Trivial Pursuit »…
Le charisme ?
À part exciter les femmes…
Le mérite par les résultats ?
Très incertain, ça peut être un coup de chance…

Ce process de cooptation ne sait chier que des matheux et des fils de friqués, mais qu'est-ce qu'il est rassurant !
Vous connaissez des exceptions ?

Oui... ce sont des exceptions. Juste des exceptions. Mais qui coopteront aussi.
Ces dirigeants ne sont finalement que des hommes, traversés par les mêmes besoins fondamentaux que tous les autres hommes, et lorsqu'ils doivent prendre une décision importante pour l'Entreprise, ils se persuadent que leurs intérêts et leur façon de réfléchir correspondent au bien de la société.

Voilà, c'est simple et rassurant.
Et sans aucun contrôle... puisque ce sont d'autres identiques qui surveillent.

Ces principes ne se veulent pas injustes, au contraire, puisque ce sont les plus méritants qui gagnent.
Suivant cette échelle très restrictive de la méritocratie...

Encore une autre chose à vous ancrer dans le crâne : ils ne veulent faire du mal à personne.
Je vous le répète : ils se croient à cette place grâce à leurs cerveaux et sont persuadés que leurs intérêts sont les meilleurs pour le bien de tous.

Et c'est mieux qu'ils utilisent ce raisonnement tronqué pour justifier leurs décisions. Parce que gonflés de certitudes, croulant sous les palmes de la réussite, baignés de l'euphorie borgne de leurs échecs, certains s'autorisent des jugements péremptoires et aiguisés comme des guillotines :
« Celui-là, je ne le sens pas... j'ai un sixième sens... »
Cet arrêt de mort porté en une douzaine de centième de seconde de fine analyse (!) ne subira que peu d'inflexion, malgré les arguments objectifs et détaillés

que le Chef de Service de la malheureuse victime n'aura pas eu le temps d'aligner.
L'instinct du Haut Dirigeant est réputé infaillible, puisqu'il lui a fait recruter le fils d'un Ingénieur Arts et Métiers reconnu…

Je suis méchant tout de même, de si beaux cerveaux éduqués doivent savoir prendre des décisions.
Non !
Aucun lien entre savoir décider et niveau d'études… ce sont les traits de personnalité qui permettent de faire des choix… la manière dont on se sert de cette matière grise… pas ce qu'il y a dedans… et l'influence des autres… alors quand votre habitude est de dominer et que les autres sont des obéissants… comment prendre des décisions mesurées, construites, efficaces ?

J'exagère, je caricature, je m'énerve et il est possible que je vous agace… mais vous avez reconnu des moments, des personnes… votre Directeur.
Alors, laissez-moi me marrer en imaginant votre tronche…

Fort de ce (beau et) long raisonnement assez tarabiscoté et toujours sous l'œil critique et implacable de Zola :
J'accuse ces dirigeants de n'être que des hommes, donc égoïstes et égocentriques, ne désirant que donner vie à leur propre roman !

Mais je vous rassure, ceux qui sont censés défendre les intérêts des « masses populaires » ne sont que des hommes aussi… traversés par les mêmes besoins.
Vous voyez ce que je veux dire ?

Alors, dans cette mascarade illogique et aléatoire, pourquoi ne pas prétendre que ces événements rappellent une histoire plus ancienne et célèbre pouvant ainsi me donner les clefs de la délivrance.

Oui, pourquoi pas ? …

Chapitre 19

Je vous sens un peu énervé…

Ou juste un brin…
C'est vrai que j'ai été virulent.
Vous avez comme une envie de râler… contre moi… contre la société… contre votre putain de Chef de merde… ou contre votre assistante qui vous a conseillé ce livre alors que vous ne cherchiez qu'à la draguer (vous avez un doute, mais vous commencez à comprendre son message, vous son Chef…).

Ou peut-être que vous êtes souriant… goguenard… allongé sur le canapé pendant que Ronaldo s'essaye au petit pont devant l'autre petit con… ouais, peut-être que vous êtes juste bien… pouffant dans le métro avec ce bouquin dans les mains au milieu des douceurs corporelles du matin (chagrin)…

J'adore regarder les livres ouverts dans les transports en commun ; si j'osais, je les prendrais en photo pour les coller tous les jours sur un Instachose…
Pour donner envie.
Ou juste comme ça, pour rien, comme la plupart des instachoseurs.
Je suis souvent intrigué lorsque je vois un bouquin qui rutile sous les néons blêmes, lorsque je distingue seulement quelques lettres du titre, un morceau de couverture, des couleurs usées ou des pages cornées…

Alors je tente d'en voir plus en inclinant la tête très discrètement (allez savoir pourquoi), imperceptiblement… Et puis je m'essaie à deviner :

C'est le titre dont ils ont parlé à la télé ! Intrigué, je concupisce presque, me ressasse l'émission, je n'aurais pas dû somnoler…

Ah, mais non, c'est une histoire que j'ai déjà explorée il y a quelques années ! Je souris, attendris, me souviens du temps passé ensemble, des connivences avec un auteur, un personnage, les moments reviennent, se reconstruisent en flashs, entre deux stations grouillantes et aussitôt oubliées dans l'euphorie.
Des fois, complice, je fais un signe de l'œil, de la tête… une fois, j'ai parlé, elle était belle, mais ce n'était pas pour ça… ou peut-être alors, puisque je ne me souviens plus du titre, mais de sa chevelure…

J'ai reconnu ! C'est un titre connu, mais non parcouru, il est sur ma liste j'en suis sûr, je vérifierai… je note sur le mémo du tel, regarde le visage de l'heureux possesseur, interprète les mimiques, me forge une opinion… fausse, forcément… j'observe… trop… je tourne la tête pour ne pas être perçu comme un violeur potentiel… je joue avec les reflets dans la glace… le nom de mon arrêt se confond avec ses yeux… au revoir… on se reverra quand je te lirai… et je te lirai, puisque tu es sur ma liste Excel un peu avant le millième titre en attente…

Je ne vois pas ! Je distingue à peine des arabesques… c'est un titre incomplet, je ne sais lequel, trop de

choses manquent, l'angle de vision n'est pas bon, je bisque, je rage… je fais défiler les possibilités… je m'avoue difficilement vaincu… mais la porte s'ouvre dans un chuintement désagréable, je descends avec mon point d'interrogation.
[?]…

Et je regarde les lecteurs…
La plupart sont des lectrices, d'ailleurs. Elles me donnent des tas d'indications, je m'en forge des opinions en plantant mon imaginaire sur leurs visages remplis d'absences et j'invente un passage du livre, une émotion de lecteur, une vie… une solitude… la mienne…

Pendant que je me souviens de vous dans le métro, je me prépare à travailler sur ma recherche.
Je mets un peu de crème au fond d'une tasse en verre, je verse un chaud café brésilien, doucement, pour que le breuvage ne se mélange pas tout de suite et que l'esthétique soit parfaite ; dans l'attente, j'en profite pour faire craquer mes doigts… Des signes qui montrent immanquablement ma détermination et mon obstination, puisque sonorisés par un « ava chier ! ».
Mon dossier de recherche de preuves est ouvert avec quelques idées claires, mais les épaules sont courbées comme si ma parano se portait en sac à dos.
Physiquement, ça donne l'impression que ce poids imaginaire est constitué de pierres de carrière, pointues, acérées, origine d'une douleur lancinante et fascinante.

Parce qu'une petite paranoïa, quand elle vous tient, vous fascine, la construction mentale et complexe danse sous vos yeux en s'incrustant dans tous les pores des visages qui vous font face.

Ils se doutent de quelque chose ! Forcément !

Il faut que je recouvre les preuves de mes élucubrations, alors je cherche.
Je relève des indices, je compulse, je dissèque, j'interprète et je reboote... refaisant les mêmes démarches invariablement.
La tête s'échauffe.
Et il ne faut pas qu'on se doute de mes suppositions et de mon inspection.
J'ai besoin de mes capacités analytiques.
Et de me cacher aussi, en me méfiant pour mieux enquêter.
Vous savez comme ce type sec et dur avec une balafre qui déambule dans ce premier roman d'un vétéran des Services secrets britanniques... Oui, ce gaillard élégant qui erre dans ce *Casino Royal* avec un nom banal :
Bond
James Bond
De Fleming
Ian Fleming
Je lui prends son costume, je lui laisse sa misogynie et son mauvais relent de colonialisme, je me chausse de sa détermination, j'endosse son infaillibilité, je m'équipe de son flair et j'essaye d'être malin.

Je me fais un beau dossier dans mon ordinateur pas secret... et pour être certain qu'un fureteur ne puisse trouver trace de mes insomnies, je code le titre de mon fichier...

Puisque Iliade est le nom grec de Troie, je baptise mon fichier 3...

Quelle finesse...

Chapitre 20

Cette histoire ne sent pas bon…

Probablement parce que vous aimez lire vos bouquins aux chiottes…
Comme moi…
Peinard dans vos effluves si confortables et rassurants…
L'endroit rêvé où vous êtes seuls, quel que soit le nombre de personnes alentour.
Le moment de solitude, le bénard sur les pompes, le cul au frais, dans une position infantilisante, en pleine régression, sans culpabilité.
Et on peut se laisser aller…

Entre les quatre murs, à moitié nu, la lecture à voix basse vous est renvoyée sous une forme de confidence, de proximité avec l'auteur, une connivence avec les personnages.
Votre voix devient celle d'un stentor miniature, les chuchotements sont nuancés à l'extrême.
Je me demande si Pierre Bellemare n'enregistrait pas ses histoires dans les WC, ou au moins à poil…
Pour faire corps avec les pages, dans l'intimité la plus complète. L'écrivain se dévoile et vous aussi. Bien souvent, aucun étron ne sort, c'est mieux encore.
Jusqu'à ce qu'on vous dérange, un autre a une envie pressante et il n'a même pas de livre à la main !
Il va s'emmerder !

Vous pouvez même déraisonner à l'envie, imaginer des scènes dont vous êtes le héros. Vous laisser embarquer dans un autre coin de l'univers, sous la bienveillance d'une ampoule qui ne répétera rien.

C'est fou ce que les murs des chiottes peuvent supporter comme décors.

Ivanhoé de Scott a planté son château fort sur les carreaux, *Ben-Hur* de Wallace a fait sa course de chars sur le carrelage, *Le dernier des Mohicans* de Cooper a tracé sa route dans les bois de la balayette… vous voyez bien de quoi je parle.

Vous êtes calme et vous déraisonnez sans aucune perte de temps.

Beaucoup gaspillent votre temps à vous expliquer qu'il ne faut pas perdre son temps, et dans cette position, à ce moment, vous optimisez votre journée grâce à votre transit.

Le rêve de tout employeur.

Au boulot, on devrait installer les ordinateurs dans les gogues, la productivité s'en trouverait tellement améliorée…

Chapitre 21

Il me faut des preuves… tangibles…

Par exemple, prouver que maître Chilles est le rejeton d'un Dieu me semble délicat… ou en tout cas hors de mes compétences… et il me faudrait bâtir des outils scientifiques et philosophiques qui dépassent le seuil de mon savoir…
Ou déterminer que Patrick n'était qu'un Patrocle réincarné me demanderait des compromissions intellectuelles au-delà de mes soupçons les plus maladifs.
Quant à associer Lector à Hector… je vous laisse juge de l'ambition en grec classique que cela demande.
Non, non, mais non.
Vous avez compris.

Pour être efficace, il me fallait faire simple… si je pouvais prouver une relation inappropriée entre Jacques et Hélène, cela déterminerait le bien-fondé de mon savant raisonnement…

Vu le physique d'un des deux protagonistes, cela prouverait également l'intervention des Dieux… enfin, je m'emballe, mais vous comprenez la construction mentale.
Jacques et Hélène enfin démasqués garantiraient à mon histoire un soupçon de véracité… et à mes problèmes un frémissement de solution.

Par chance, l'humanité occidentale et une partie du reste du monde ont bâti un écran entre nous et la réalité.
Internet, trucs mobiles, objets connectés et toutes leurs traces sont des supports et des témoins de nos agissements.

Je ne doute pas que ce soient des objets merveilleux qui révolutionnent notre relation aux autres... des accélérateurs de vie... des facilitateurs du désennui... des aides à la performance individuelle et collective...
Oui, oui, oui...
J'accepte, je le sais.

Sans être technophobe, je ne suis pas certain qu'ils l'embellissent, cette vie, ni ne dénaturent l'humanité en la désenchantant, en lui enlevant un mystère, ou en fabriquant d'autres mystères, plus de mensonges, de paraîtres, d'égocentrismes, un genre de réalité uchronique, différente, avec moins d'intensité dans les relations, moins de profondeur de vie...

La technologie comme un boulet...
Un boulet accroché à l'oreille... au moi profond...
Oui, on peut faire des tas de choses avec son smartbidule et son facetruc... un peu comme un esclave avec son boulet... pas obligé de le traîner... il peut le porter... s'assoir dessus... le frapper avec sa tête...
Il reste surtout enchaîné...

Chaque pas dans ce bourbier féérique laisse des traces, des signes interprétables, remarquables, comme une mémoire... Et une mémoire, ça s'explore, se dissèque, se devine, se reconstruit...
Un peu comme dans *1984*, le grand classique de George Orwell, lu il y a bien longtemps. Trop longtemps.

3

Je ne m'en souviens plus très bien. Plus.
Mais il y a des livres qui marquent malgré leur oubli.
On ne peut que se souvenir de Big Brother, de la Police de la Pensée ou de la Novlangue. Et trouver des similitudes dans nos sociétés en transformation.

J'ai donc cherché dans ce fatras des traces d'Hélène et Jacques… et trouvé… évidemment.

Ils se sont connus par accident (une soirée), se sont approchés dans le métier (les affaires), se sont revus par défi (l'attirance).

Elle, jeune ingénieure, avec beaucoup à prouver, comme toutes les femmes dans ce métier. Comme tous les hommes aussi. Et du temps à gagner dans la grande compétition du marché.
Sachant pertinemment que ce sont les rencontres, les opportunités qui font les carrières.
Sachant forcément que sa courbure de reins et son port de tête sont des atouts affriolants.

Lui, goujat marié, vieux mâle à qui rien ne devrait résister. Sourire enjôleur, poches pleines, même sous les yeux, des entrées partout et ailleurs. Un tableau de chasse plus garni dans le regard des autres que dans sa propre réalité.
Disons que ses conquêtes sont le plus souvent tarifées. Des modèles en panne de shooting, des étudiantes en panne d'argent, des auto-stoppeuses en panne de voiture, des jeunes filles en panne de morale.
Du plaisir pas cher, mais sans l'essentiel : les sentiments.
Cette impression d'exister tout entier, pas seulement par sa queue et sa poche intérieure de veston à l'épaisseur calculée.

Exister par la vibration tout entière, par le regard de l'autre.
Par le sourire du matin.

Il a cru qu'il pouvait se sentir vivant, elle a cru qu'elle pouvait être protégée…
Et que ce n'était pas grave, puisque personne ne le saurait.

Mais il en voulait plus, toujours plus, la maîtriser comme il ne sait que faire.
Elle se voulait libre, sans contrainte, et fabriquer une plus grande liberté.

Il l'a embauchée pour le projet qu'elle voulait, lui dit-il, pour la posséder en vérité.

Elle ne l'a pas cru, évidemment, mais l'a bien eu.
Marché de dupe ?
Non.
Un marché, c'est tout.
Avec une fin inexorable.
Comme tous les deals.

Il faut lire les clauses en petit, écouter les sous-entendus.

Les portes ont claqué dans le feutré, les colères et les disputes ont distendu les liens, rompu les alliances et tout a volé en éclats de voix assourdies par l'épaisseur des moquettes d'hôtels quatre étoiles.

Elle est partie… il ne l'a pas admis…

Chapitre 22

Alors il a déclaré la guerre à Hélène…

Pour obtenir quoi ?
Quel était le plan ?
Rien de précis… juste se venger… vexé… outragé… défiguré par la colère… aveuglé par des sentiments de détestation… d'amour, donc… la haine n'étant qu'une forme d'amour… il voulait la punir… pour l'écraser… et peut-être qu'elle revienne… sienne… qu'elle admette son indispensabilité… il l'avait fabriquée… tel un Dieu… voulait qu'elle cède… et qu'elle l'adore… encore… mais il ne connaît rien à l'amour… juste l'amour de lui… de sa puissance… supposée… son monologue intérieur n'écoutait que sa fatuité… se répandait en dégueulis sur ses employés… pour attaquer… vieux réflexe pavlovien… appris au cours des années… des expériences… de son trône, il ne pouvait tomber sans tenter de la détruire… et des restes carbonés reconstruire dans la rage… pour se faire aimer à nouveau…
Orgueil et amour ne peuvent rien construire, pourtant.

Voilà comment on prend une décision dans une Entreprise, avec des sentiments, de l'égo, des réflexes de vieux mâle.
J'exagère ?!
Encore ?!
Si peu…

L'intelligence de nos puissants (et des petits puissants) sert à mettre en mouvement des sentiments.

Vous voulez des exemples ?
Je vous laisse devant vos informations, regardant les actualités et la valse des G7 (avec les poignées de main en acier), ainsi que les réunions exceptionnelles du conseil de sécurité de l'ONU (et les rodomontades devant un parterre médusé), ou la longue litanie des sommets européens... africains... asiatiques... sud-américains (et les portes qui claquent devant les caméras)...
Sans parler de la nouvelle décision de cette grande Entreprise du CAC 40 grâce à laquelle vous êtes motorisé (juste pour se venger de son ancien chef), ou celle de cette multinationale se lançant à la conquête de l'espace (parce que ça fait bien)... ou de votre portefeuille (pour être certain que son voisin perdra le sien)...
Vous trouvez tout cela très logique ? Uniquement logique ? Vous êtes certain que ces décisions n'ont pas été les fruits de sentiments exacerbés, de jalousies bébêtes et futiles, de vexations, de vœux de puissance...

J'aime bien vous faire réfléchir...
Mais je me fous pas mal que vous soyez de mon avis... je suis de mon avis... et c'est juste mon avis... d'aigri... je vous rappelle qu'ils veulent me virer...
Enfin, je crois.

Tout ça me rappelle le fameux Capitaine Némo qu'on retrouve dans *20 000 lieues sous les mers* et sur son *Île mystérieuse.*
Un esprit supérieur, matérialisant la tragédie de la perte de son amour par la conception et la construction de son Nautilus, arme ultime devant interdire la Guerre.

Quel visionnaire, Jules Verne ! Avec un siècle d'avance, il nous annonce la dissuasion atomique et sa composante sous-marine… ainsi que son échec.

Sous sa plume facile, avec ses histoires que l'on croit destinées à la jeunesse, il nous fait réfléchir.

Pour Verne, réfléchir, c'est se projeter, regarder les conséquences, étudier une idée aux limites comme une courbe à son asymptote. Alors il repousse les frontières de la science, de l'humanité, ses personnages deviennent l'incarnation d'idées.

Verne mérite mieux qu'être dans la poussière d'un siècle littéraire indépassable.

Fort de mes certitudes, la tête dans mes livres et les pieds dans la réalité, j'ai pu échafauder un plan que *Le Prince* de Machiavel aurait trouvé subtil, mais débile…

À ce moment, j'ai passé mes nuits à rêver et mes jours à songer…

Chapitre 23

Et j'ai trouvé... un plan... superbe !

Il me fallait attendre le bon moment, juste être patient. Maintenant que je connaissais la motivation et la psychologie, ou plutôt l'aveuglement qui animait Jacques, il me fallait placer mes arguments à la crête de la déferlante.
Attendre la vague de colère et d'impuissance et retourner les forces pour les emmener dans ma direction.
Jeter Jacques à terre, pantelant et palpitant... pour le recueillir au creux de ma main.

Une énième réunion fut annoncée, ça allait barder !
Le sujet ?
La réponse à un Appel d'Offres pour l'EHPAD « Les petits frères des pauvres ».

J'avais les cartes en main... maîtrisais le jeu... connaissais les cerveaux des protagonistes... les forces en présence... les vecteurs en action... je pouvais presque prédire les phrases qu'ils allaient poser sur la table... du bout des lèvres... leurs manques d'idées... les poncifs éculés... les blagues salaces qui se dégonfleraient sous l'œil noir de Jacques... les stupidités qui allaient jalonner les colères du Patron... les hésitations démontrant l'inanité des réflexions... les égos qui allaient s'entrechoquer dans un bruit de fracas d'armure de pacotille... la bassesse de la dévotion à la connerie...

Oui, ce théâtre était le mien, maintenant.

Je repensais à Hari Seldon, le mathématicien génial d'Isaac Asimov dans le cycle *Fondation*.
Seldon, l'inventeur de la psychohistoire permettant de prédire le futur au moyen d'équations.
Surtout rester cacher, ne pas se dévoiler comme lui.
Les équations étaient dans mon fichier, à côté, mais si loin comme la *Seconde Fondation* surveillant le Plan.
Asimov nous dévoile avec une clairvoyance prophétique ce que sera… la Science-Fiction.
La Science-Fiction, voilà un mot incongru ne signifiant rien.
La Science ne peut être une Fiction… il n'y a que des histoires… et la littérature en est le point commun.
Asimov entremêle l'histoire et la science pour nous projeter à grands bonds de fusées géantes au-delà de notre propre pensée. Un successeur du grand Verne et l'inspirateur des Star Wars, Star Trek et de tous les autres Space Operas.

Tel Dark Vador, Jacques entra en action !
Tonitruant !

« Messieurs !
Nous allons répondre à cette demande et prendre cette affaire !
Vous êtes ici pour trouver la meilleure façon d'y parvenir.
Je veux des idées !
Et des bonnes !! »

Le Directeur Commercial, spécialiste pour ne savoir vendre qu'un prix, croyant que seul le chiffre en bas à

droite détermine le choix, suggéra de faire un coup pour casser le marché !
Brouhaha... regards moqueurs...
Cris rageurs de Jacques...
— Ben voyons, fais-nous perdre le pognon que tu n'arrives pas à faire rentrer !
Il est pragmatique, notre Patron...

Le Directeur Technique parla d'innovations... d'économie d'énergie... de casser le projet pour faire du différenciant... Moue dubitative de Jacques...
— Mais tu ne sais même pas de quoi tu parles ! Ça n'a jamais marché, tes conneries !
Un brin conservateur, le Chef...

Le Responsable de l'équipe projet évoqua une réalisation phasée... une méthodologie implacable avec des hommes organisés... un suivi efficace et redondant... un logiciel d'avancement capable de démontrer au client...
Jacques stoppa l'envolée d'un coup de fusil...
— Bon Dieu ! Tu ne sais même pas utiliser ton ordinateur pour lire tes emails ! Tu nous parles de quelle société qui saurait faire ça ?!
Jacques n'est pas très méthodique...

L'Architecte avait bien bossé... enfin, c'est ce qu'il dit en prenant la parole... le projet serait une incartade dans le futur... ses grands bras faisaient des moulinets... il se leva... prit un feutre... joua à Gribouille sur le pauvre paperboard... expliqua les perspectives... les couleurs... la forme... les matières scintillantes au soleil...

Jacques fulmina…
— Mais putain, personne ne comprend ton bordel ! On dirait une pyramide inversée ! Ce n'est pas un tombeau pour Égyptiens gymnastes qu'on veut !
Le Boss n'aime pas les acrobates… à moins qu'il haïsse les Égyptiens… ou qu'il ne comprenne pas les architectes.

Le Secrétaire général clabaudait des égorgillements que sa tenue très XIXe siècle rendait aussi crédible que vide d'idées… Il tenait son rôle de petit Baron si proche de l'Empereur…
Jacques lui fit sentir sa toute-puissance dans un déluge d'œillades sombres qu'il ponctua par :
— Si c'est pour dire ça, il vaut mieux que tu fermes ta gueule !
La suggestion fut approuvée par un silence définitif…
Notre petit Napoléon n'a pas un langage princier…

J'intervins.
— L'important n'est peut-être pas vraiment d'avoir cette affaire.
…
(Jacques se tourna avec un « A » sur les lèvres.)

— On pourrait en profiter pour se débarrasser d'un concurrent qui nous empêche d'avoir des parts de marché.

(Silence.)

— Et ainsi faire des bénéfices sur les prochaines affaires.
(Le « A » se matérialisa doucement en un son…)

3

— Aaa…

— J'ai réfléchi à un truc… Nous, les acheteurs, avons des plans qui peuvent être assez tortueux, mais efficaces…

(Jacques posa ses coudes sur la table et m'observa intensément… sa grosse tête de poisson ne frétillait même plus malgré l'hameçon planté…)

— C'est LIAD qui nous gêne.

— Tu m'intéresses, Léopold.
(Il vient de me nommer par mon prénom, j'en profite…)

— Jacques, on pourrait négocier avec le client sur la base stricte de son Appel d'Offres, en tenant ses délais, à un prix correct, mais pas déconnant, disons plutôt très légèrement au-dessus du marché.
…
— En ajoutant des clauses très sécurisantes pour lui. La confiance est la clef de la décision d'achat…

— Quelles clauses ?
(Jacques commence à comprendre la première étape.)

— Pénalité de retard de 1 % par jour sans franchise, sans limites…

(La Directrice juridique bondit !)
— C'est beaucoup trop de risques ! Un mois de retard et c'est 30 % en moins sur nos paiements !

(Jacques écarquille les yeux… Il sait que je ne suis pas stupide…)

(Je reprends tranquillement.)
— Et paiement de 20 % sur l'avancement et 80 % à la livraison…

(La tablée s'étouffe… et dans un beau barnum, tous interviennent.)
— On va droit dans le mur !
— On ne percevra jamais l'argent !
— Le retard est certain !
— On court à notre perte !

(Jacques aboie à trois reprises pour faire revenir le silence.)
— !!!

(Je continue…)
— Ce ne sera pas notre perte, puisque le client va tenter de négocier ces mêmes clauses avec LIAD qui sera évidemment nettement moins cher que nous. Mais comme le client est Roi et veut le beurre, l'argent du beurre, la crémière et sa fille, il nous demandera de baisser notre prix. Nous refuserons en suggérant qu'il serait impensable que le futur adjudicataire du contrat n'accepte pas les mêmes conditions administratives que nous proposons, prouvant ainsi sa maîtrise de la réalisation. Une qualité absolument primordiale pour ce projet ambitieux.
(Jacques n'ayant toujours pas retrouvé son langage princier…)
— Putain, mais c'est certain qu'elle signera, cette conne !

(Les têtes se relevèrent, interloquées par la saillie du Patron... et se tournèrent rapidement vers moi... il fallait qu'ils participent au plan... ou qu'ils tentent une dernière fois de le contrer avant son approbation définitive...)

— Oui, mais s'ils arrivent à exécuter correctement le dossier, c'est nous qui disparaîtrons du marché...
(Remarque judicieuse et attendue du Directeur Commercial.)

(Un frémissement circule sur la table...
Doute dans l'assistance, une demi-seconde seulement.)

(Je pris mon air mielleux pour annoncer :)
— Impossible... Je m'arrangerai avec un gros fournisseur de béton pour qu'il fasse une offre très basse afin d'être incontournable pour LIAD... Ensuite... Ensuite, il suffit qu'il soit en retard... de beaucoup... pour que nos futurs ex-concurrents ne soient pas payés... partent au procès... et que leur réputation soit définitivement brisée...

(Jacques jubilait...)
— Et leurs finances rincées ! Bien, vous avez compris ? On me dresse un plan pour l'exécution de ce micmac. Léo, tu nous réexpliques tout ça... je n'ai pas tout intégré, mais ça doit marcher !

— Heu, faut trouver un nom à ce bazar...
(Voix non reconnaissable.)

— C'est un peu comme le Cheval de Troie...

Franck Antunes

(Ma voix…)

— Ça me va très bien comme nom…

(Jacques a dit…)

Chapitre 24

Comme un Cheval de Troie…

LIAD allait bénéficier d'un contrat tout fait, à un prix intéressant, puisque nous serons peu agressifs financièrement en nous retirant du duel après quelques escarmouches seulement.

Mais dans ce contrat, annexe 3 (tiens !), des pénalités de retard extravagantes, ainsi qu'un paiement principalement à la fin de la réalisation du projet et pas au cours de l'avancement des travaux comme c'est l'usage.

Dangereux ? Très, si on ne maîtrise pas bien ses sous-traitants. C'est-à-dire les Entreprises qui exécutent pour votre compte une partie des travaux.
Et ces sous-traitants sont des acteurs essentiels de votre activité, puisque vous ne pouvez pas tout exécuter avec votre propre Entreprise : question de savoir-faire nécessaires trop nombreux et d'un besoin en personnel à adapter finement à chaque projet.

Dans le ventre de ce contrat magnifique, mais en bois (à l'image du cheval qui se trouva un matin sur les plages troyennes), des soldats (sous-traitants soudoyés à notre cause) prêts à ouvrir les portes de la défaite.

Nous n'avions plus qu'à attendre le résultat inéluctable de la machination… le client (Zeus) ne devant faire aucune pitié sur l'incapacité de ses protégés…
Business is business…

Parfait !
…
Qu'est-ce qui vous gêne ?
…
L'absence d'éthique ?!
L'éthique…
Mais l'éthique ne compte pas dans l'industrie.
L'éthique se confond chez beaucoup avec le « Bon sens ».

Et le « Bon sens » est une notion tellement évidente, presque innée, qu'elle ne s'apprend pas.
Un truc invendable, puisque tout le monde s'en croit si bien pourvu qu'il n'en désire jamais davantage…

Cette confusion entre le « Bon sens » et l'éthique devrait se faire retourner dans leurs tombes Socrate et Aristote (dans son *Éthique à Nicomaque*) et tous les autres Grecs… Les pauvres… un siècle de réflexion à jeter aux oubliettes de la conscience…
L'éthique dans le commerce n'est qu'un slogan, même pas une bonne intention.
Un mot vide de sens… un truc qui vous catalogue « chieur » lorsque vous le prononcez… des lettres assemblées sur un papier à signer pour que les Directions se protègent juridiquement… et encore, la force de cette idée est tellement inconnue dans ces milieux que personne ne voit sa capacité protectrice.
Un terme presque oublié…

Alors, ne pensez tout de même pas que la « science de la morale » entre dans le moindre calcul dans ce genre de plan !

Les seuls repères dans ces pratiques tortueuses sont le « Bon sens » et la loi…

Quand je parle de la loi, il faut la comprendre comme une limite aisément franchissable et uniquement problématique si vous vous faites attraper… « Pas vu, pas pris » !

…

Mais vous n'êtes pas naïf, ce n'est pas ça qui a pu vous gêner… Et puis, vous êtes peut-être dans le commerce ou dans l'industrie et vous connaissez ces pratiques… Ou vous vous en doutez… Pourtant, vous ne savez pas tout…

Je vois…
C'est soudoyer qui vous a déplu.
Ça choque.
Parce que vous croyez que les gens ne sont pas corruptibles ?!
Vous êtes drôle…

Et puis, faites un système presque sans contrôle, où le donneur d'ordres est sensé lui-même se surveiller, ensuite, étonnez-vous de la tricherie…

C'est un peu comme si je vous demandais de rouler à 130 km/h sur l'autoroute en vous spécifiant qu'il n'y a pas de radar et un flic en trottinette tous les 500 kms…

Les marchés publics ? … La route défile…
Les arrangements entre grosses sociétés ? … Rien que du covoiturage…

La petite enveloppe pour que l'autre fasse ce que vous voulez ?... Vous la voulez de quelle couleur, votre voiture...
Bref !...
Je vous rassure, tous les contrats ne sont pas comme ça et les pratiques s'améliorent, grâce à l'Europe, d'ailleurs.
Mais celui qui veut tricher... peut...
Celui qui veut voler sa société... peut...
Bref ; rien de nouveau à l'ouest... sinon des milliards volatilisés... dans des poches... aux Caraïbes...

Alors, lorsque que le « Bon sens » et le « Pas vu pas pris » se conjuguent... et que c'est bon pour le commerce... les vieux réflexes surgissent... grondent telle la bête... d'autant plus lorsque la victime ne connaît pas ou peu ces pratiques...
L'occasion était trop belle...

Tout a marché aussi efficacement qu'une Mercedes de luxe noire... qu'il a suffi de faire passer sur les comptes pour l'offrir au fournisseur de béton...
À l'instar de ce beau cadeau, le plan a impeccablement fonctionné, discrètement, promptement, dans un doux ronronnement de mécanique bien huilée.
Aucune étape ne fut négligée. Chaque ingénieur compléta sa partie comme de parfaits exécutants, diligents et efficaces. Sans états d'âme.
C'est beau, la docilité.

Le plan ne prit que six mois... C'est court pour une agonie...

Chapitre 25

Trois mois de retard… La ruine…

Hélène ne vit pas le coup venir, bercée par la douceur hypnotique du succès.
Elle ne s'effraya pas des premiers retards, ne trembla pas sur les malfaçons, ne crut pas ses Ingénieurs Travaux qui sont toujours alarmistes, mais qui s'en sortent à chaque fois.
Elle daigna jeter un œil sur l'affaire lorsque son Directeur Opérationnel, celui qui s'occupe des Achats, démissionna.
Il avait compris les erreurs (croire le client), vu ses propres fautes (ne pas reporter ses risques sur ses sous-traitants) et conclu instantanément qu'il n'y avait plus rien à faire.
Prenant son courage à deux mains, il fuit…
Hélène comprit enfin la gravité de la situation, mais l'iceberg avait touché la coque, sa belle société prenait l'eau et les cloisons juridiques n'étaient pas étanches.
La boîte coulait et elle était la Capitaine à bord… Il n'y aurait pas assez de chaloupes…

Nous n'avions plus qu'à bondir chez le client, le sauver en terminant le contrat en urgence, aider notre bien-aimé ex-bourreau à gagner son procès en lui livrant quelques infos exclusives, et faire courir toutes sortes de bruits malveillants sur notre ex-concurrent.

Les choses avaient changé...
Je m'étais mis tranquillement à la baguette... j'attendais patiemment les étapes... surveillais les ordres... distribuais les regards inquisiteurs... donnais des comptes rendus détaillés et rassurants à la Direction... gueulais de temps en temps pour raffermir ma position... et par vengeance envers certains... et par plaisir pour tous les autres...

Finalement, malgré mes croyances, je n'avais pas réussi à ressentir le sentiment de toute-puissance auquel je m'attendais.
Dès le commencement de la tuerie, je pris beaucoup de recul sur la situation.
Je goûtais sur mes lèvres le goût amer si particulier de la stupidité.
Rappelez-vous pourquoi Jacques a décidé de se lancer sur ce marché et comment j'ai conçu ce plan diabolique.
Quelle farce, tout ça, et pourtant si réelle...

J'avais plutôt le sentiment d'être le Goupil du roman... le fascinant animal rusé, malin, cruel aussi, badin, moqueur et triomphant...
Je me souviens avoir lu la version de Maurice Genevoix du *Roman de Renard*... et de m'être rendu compte d'un moment essentiel de la littérature française.
C'est la première œuvre populaire, en provenance directe de l'obscurité du XIIIe siècle, écrite non en latin, mais en langue romane (qui laissera le mot roman).
Tellement fameuse qu'un pape interviendra pour limiter sa diffusion et notamment les dessins à l'effigie de l'animal qui circulaient dans le clergé !

Je me souviens du grand écrivain nous gratifiant de son vocabulaire chatoyant et de son style luxuriant.
Je me souviens comme il était bon de se laisser entraîner dans les futaies par ce malin de goupil et de revenir aux sources de notre littérature.

Tel le futé animal, je regardais cette belle cocotte d'Hélène se faire rapidement déplumer tout en gardant sa honte pour elle…
Quand on cumule tant d'erreurs, ce sentiment vous rend incroyablement silencieuse…

Bref !
Comme dirait Renart (oui, avec un « T ») le goupil :

Lalala-lalalère, ce fut l'hallali…

Chapitre 26

On s'est bien marré…

Les hommes sont des enfants… grands.

Les adultes n'existent pas, en fait. Il n'y a que des enfants qui ont vieilli.
On calme un peu l'exubérance, on polit les caprices, on cache les joies. Un peu.
Mais dans le fond, c'est l'enfant en nous qui guide les actions.

Du coup, on s'est bien marré.
Comme des petits diablotins.
Une espèce de jeu absurde, une vengeance de cour d'école, mais sur une grande échelle, avec plus de matière.
On s'est moqué, tapé sur le ventre, exagéré le succès en imaginant leurs têtes, sans trop penser à mal.
En ricanant bêtement, en se sentant les plus forts, sans vraiment penser au lendemain.
En regardant notre bonheur égoïste faire son chemin au travers du drame voisin.
En ne pensant jamais à la tragédie que nous provoquions ni à l'injustice que nous commettions.
Des gosses sans personne pour faire la morale.

Pas mieux que dans *La Guerre des boutons* de Louis Pergaud. Un vieux roman de plus d'un siècle où les rossées se font dans la rigolade. Des affrontements cocasses qui doivent pourtant laisser des traces nécessitant un abonnement à des pédopsychiatres hilares.
Les Hauts Dirigeants, pleins de pouvoirs, ne suivent que leurs rêves d'enfant, sans l'innocence.
Ils savent faire plus mal, se donner plus de plaisir et un peu moins l'apprécier. Parce que repus, parce qu'ils savent qu'il y a tellement d'autres plaisirs à obtenir.
De leur enfance, ils ont gardé le même égocentrisme, le même besoin d'être aimé, l'impérieuse nécessité de dominer.
Ils aiment aussi se chercher des papas pour se faire cajoler et rêvent de le tuer.
Ils concrétisent ce rêve presque à chaque fois.

Ils grandissent si peu. Juste une fois quand un de leurs rejetons de profession les a tués à leur tour.
Là, ils s'aigrissent, et la vieillesse, la vraie, le naufrage, peut enfin commencer.

Alors, ils souhaitent devenir des adultes. Être réfléchis, enfin mesurés, prendre des décisions pleines de justesses, devenir des références respectées.
Ne vous y trompez pas… remettez-leur le pied à l'étrier, concédez une nouvelle chance et… ils redeviendront des enfants.
Pleurnichards et puérils, ils casseront tout… à commencer par vos pieds.

On s'est bien marré, une belle bande de gamins insolents.

Un vrai jeu de massacre…

TROISIÈME PARTIE

Chapitre 27

J'ai atteint mon but… et j'ai loupé tout le reste.

Ma vie… en partie… depuis au moins… un certain temps…

C'est ce que je me suis dit… plutôt ce que j'ai compris… en douceur… pas tout de suite… pas facilement… mais comme une évidence… sourde… comme un mal de tête… vous savez, cette nuque douloureuse qui vous bloque et vous contraint… ce crâne coincé dans un étau… ce mal lancinant… invisible, mais terriblement présent… qui vous tient et vous laisse exsangue.
Une douleur… la nuit surtout…

Pourtant, après cet épisode grandiose, mon statut dans l'Entreprise était celui… d'une statue, justement.
Un truc en marbre décoratif et inattaquable qui rappelle un souvenir « historique ».
Oh, il y a bien quelques piafs qui essayaient de me chier dessus, mais ça ne fait aucun mal, des petites crottes sur un chapeau… il y en a juste qui ne peuvent s'empêcher de déféquer sur les héros…
Les corbeaux n'ont pas de sphincter, ils ne peuvent se retenir…

L'important est de faire fructifier rapidement ce genre de période auprès de la Direction…

Un tutoiement réciproque s'installa… des « entre donc, je t'en prie » survinrent lorsque j'étais (par hasard…) dans le couloir jouxtant son magnifique bureau lambrissé garni de velours rouge rococo…

Je devins pote avec Jacques. Enfin, « pote » étant un terme très vague pour Jacques, je n'étais pas de la bonne filière intellectuelle, donc bloqué pour les plus beaux morceaux du gâteau.
Mais, sans rien demander, je fus copieusement augmenté.
J'eus droit aussi à la voiture noire avec l'étoile.
Je devins également membre de l'organe de décision de l'Entreprise… c'est-à-dire le champ de bataille des égos qui tente de piloter le bazar sans gouvernail…
Je fus obligé de me taper des gueuletons aux factures longues comme des rouleaux de PQ et s'intitulant : « Laisse, c'est pour la boîte. »
Je parvins à avoir l'honneur de le raccompagner, baignant dans les effluves vinacés des grands crus bordelais après ces mêmes gueuletons, pour le laisser se répandre dans son lit d'hôtel dans des borborygmes où je comprenais quelques syllabes entrechoquées pouvant être reconstituées par un :
« J'l'ai niquée… »
Ce qui est un bon résumé du début et de la fin de leur histoire…

Car Hélène ne revint pas vers Jacques, évidemment.
Mais il avait gagné.
C'était bien l'essentiel…

Moi ?

3

Moi, j'étais reconnu.
Du pognon dégorgeant du compte en banque.
Bien trop de pognon.
Je ne savais déjà pas quoi en foutre lorsque j'étais celui qui allait se faire virer…

Heureux.

Heureux ?

Heureux…

Non.
Pas heureux.

J'étais vide.
Plus de combat.
Je retraçais mon parcours.
Un champ de ruine fumant, peuplé de cris… de je ne sais qui… peut-être les miens.
Et de mains perdues, tendues… implorantes…
Pour rien.
Celles de ceux que je connaissais et que j'avais oublié… d'aimer.

Je n'avais rien écouté toutes ces années.
Pour la première fois, je me retournais.
Et je continuais à marcher droit devant, par réflexe, avec la tête tournée droit derrière.
J'étais pourtant sur une route pavée d'or… mais d'une cité sans âme… sous un ciel atomique… par une pluie brûlante… comme des larmes d'acide… j'errais… sans but… à la dérive… sans chercher… rien… plus rien

n'était vrai avec les autres… ils n'étaient rien… et je n'étais pas davantage…

J'étais sur une voie que je m'étais tracée, le décor en carton-pâte venant de tomber révélait un paysage apocalyptique, une désolation ténébreuse, inquiétante et sournoise.
Un peu comme cette *Route* du roman de McCarthy, où le héros marche sans aucun but, mécaniquement, pour se sauver, alors qu'il n'a plus rien à sauver.
Tentant de trouver un Eldorado qui n'existe pas… qui n'existe plus.
Il tient le coup pour son fils…

Oui, tiens…
J'ai une famille…
Pour laquelle mes apparences sont restées trompeuses.
Où je représente quelque chose.
Encore.

C'est con, des gamins… et une femme…
Ça vous colle des poncifs plein le dos, comme des vignettes Panini d'un album de la Coupe du monde de football, avec ses doubles à échanger à la récré.
C'est si beau qu'on se moque bien des erreurs et des pièces manquantes.
Personne n'a réussi à terminer un de ces attrape-nigauds, mais tous, vous les avez trouvés magnifiques… même quand les noms présentés n'avaient jamais disputé l'épreuve, ces albums sont truffés d'erreurs…
Voilà ce que j'étais devenu pour ma famille, mes proches, les autres, un album bourré de vignettes qu'on

colle presque par inadvertance, truffé de trous et d'erreurs sur la personne…

Une famille, ça projette sur vous ce que les magazines, la société, la bienséance, les amis, les copains, les voisins, voudraient que vous soyez.
Ça vous enfonce dans une boiboite, même si la forme ne correspond pas.
Comme un bébé avec les premiers jeux de forme.
Il n'y a plus qu'à taper avec le marteau si le triangle ne veut pas rentrer dans le rectangle.
Pan !
Pan ! Pan !
Puis s'énerver et chialer devant le constat de faillite.

C'est con, une famille…
À moins que ce soit moi, le con…

Voilà, je commence à comprendre… doucement… lourdement… et ça fait mal.

Chapitre 28

Chaque nuit est un voyage difficile…

Un voyage pour passer de l'état de conscience jusqu'à s'abandonner au lendemain.
C'est s'abandonner qui est difficile, ne plus réfléchir, faire le vide. Mais les cadavres sont là, vous hantent.
Et rien.
Vous ne trouvez pas une pensée sereine, rassurante, joyeuse, simple.
Chaque pensée est peuplée de rage, d'angoisse, de cris, de ricanements, de poings serrés.
Rien.
Rien de sûr, de stable, de rassurant, tout est en mouvement, tanguant, prêt au dérapage, demandant un contrôle constant.
La tête grouille de vers, de remous, de marécages, de desseins noirs et troubles.
De boue.
Et vous finissez debout à côté de votre lit.
S'allonger devient se soumettre, rendre les armes.
Impensable.
Parce que vous pensez trop.

Chaque nuit, ce voyage dans le plus profond de soi, à la rencontre de sa conscience, est difficile…

Il faut faire face à sa propre médiocrité et surtout se rendre compte qu'on n'est pas le gentil de son propre roman.
Pas dans le bon camp.
Lorsqu'on cherche des excuses, les oreillers deviennent en pierre, les taies en ronce…
C'est de la faute à untel, c'est le système qui m'a poussé à…
Mais non.
Voilà.
C'est moi, c'est tout.

Pas de sommeil.
Des cernes.
Du café à torrent, pour faire semblant d'être vivant.
Un mutisme de plus en plus présent, protecteur.
Un mutisme qui devient un système.
Et qui isole.
Ça ne gêne pas trop dans le métier.
J'avais obtenu une position tellement inhumaine.
Ça ne gêne pas trop en famille.
Ça doit être une période difficile, il faut le comprendre.

Mais ça bout à l'intérieur, ça dévore, c'est noir.
Je suis face à mon démon comme Hubert Selby dans son roman si bien nommé.
Le démon.
Selby a goûté à tous les excès, persuadé très tôt que sa vie serait courte.
Il n'en fut rien et il trouva le temps pour écrire et influencer toute une génération d'écrivains (Bret Easton Ellis en tête).
Son écriture le caractérise.

3

Il reprend le style sec et très peu descriptif d'un Steinbeck (par exemple), mais il y ajoute un rythme, une nervosité, un jeu de la ponctuation et des majuscules, un mélange de dialogues et de narration sans distinction. Il n'hésite pas à utiliser un langage très cru et apporte une frénésie qui sied autant pour décrire la monotonie du quotidien que les tendances perverses.
Avec ses armes ainsi chargées, il se lâche en toute sincérité pour nous percuter de plein fouet.
Selby fait mal, parce qu'il nous parle de nous, de l'intérieur.

Pour en revenir à ma prise de conscience, à mon mal de conscience, bien sûr, rapidement il y a eu les dérivatifs, les excès, la boisson, les clopes, le surpoids qui va avec...
Tout ce qui est mal, mais qui fait du bien... temporairement... juste temporairement... mais qui ne résout rien... a-t-on déjà vu un paquet de clopes créer du bonheur ?... Juste de la fumée... Une bouteille, je ne dis pas... et encore... pas en grande quantité... parce qu'une piquette ou un grand cru, à vomir, c'est pareil...

Finalement, je n'ai pas été tellement excessif...

Mais je ne trouvais pas d'ouverture dans ma caverne... dans ma dépression...
Oh, une petite dépression, du genre au rabais, avec très peu d'options, une de celles dont on se rend compte bien après.
Plutôt un mal-être.
Un gros !

Voilà, il faut bien essayer de nommer la chose, pour la regarder en face.

Pas pour l'affronter, trop tôt.

Pour la contourner… la fuir.

Chapitre 29

Pour fuir, il faut aller vite et loin…

J'ai choisi de le faire en bagnole.
Une vieille et belle bagnole.

Je n'avais pas envie d'être là, dans ce monde, dans cet environnement, avec ces gens. Avec vous.
Tout m'était insupportable, même la lecture ne suffisait plus, il me fallait d'autres horizons, me régénérer.
M'occuper aussi.
Et puis cela faisait longtemps que ça me titillait la mécanique, la voiture.
Et le voyage qui va avec.
On voyage dans une voiture surtout lorsqu'on ne sait pas où aller. Alors ce n'est plus l'arrivée qui compte, mais le chemin.
C'est ça, le voyage.
Dans ma position, ils ne pouvaient qu'être courts, mais nombreux. Des responsabilités, une famille, une vie… des fardeaux indécrottables qui m'empêchaient de tout plaquer.

J'ai jeté mon appétence sur une des voitures du film *Bullitt*, la Dodge Charger des méchants (évidemment), celle que course Steve McQueen avec sa Mustang verte.
Rien que ça.
Oh, elle n'était pas en bon état… moi non plus.

Mon mal-être me laissait tout de même des envies comme des caprices, du genre à emmerder le reste du monde.
— Mais enfin, pourquoi veux-tu cette bagnole qui ne marche même pas ?!
— Elle marche ! Autrement, elle ne ferait pas de fumée !
— Ça ne me fait pas rire, Léo.
— Ahah !
Et argument suprême…
— Je fais ce que je veux avec mon pognon ! Bordel !

J'ai ouvert son petit V8 d'entrée de gamme pour qu'il respire mieux et je l'ai gavé d'une flopée de pièces qui vont bien, puis j'ai tapé sur la carrosserie pour débosseler et dompter la rouille, enfin j'ai nettoyé l'intérieur pour que ça fleure bon, en arrangeant au passage quelques bricoles qui peuvent servir, comme les freins ou la direction…
Elle s'est mise à ronfler, à rugir, à rouler, à me transporter enfin.

J'ai cramé des litres de pétrole sur des rubans d'asphalte, à faire vomir un écolo, à des vitesses que la maréchaussée considère criminelles, avec des coups de volant à faire pleurer un pilote sur sa console vidéo. Tout en regardant les compteurs, la température, l'alternateur (saloperie d'électricité…), en tendant les oreilles pour détecter les bruits précurseurs de problèmes. Des heures à écouter la machinerie… Ma machinerie, surtout.
Réfléchir, ressasser… Parler seul, au moteur, aux arbres, à ces cons d'automobilistes qui veulent arriver le plus vite possible dans des endroits malheureux.

3

Parler à soi.

Je semblais crâner dans mon engin… je ne faisais que fuir en écrasant la pédale dans un vrombissement stupide.
Quoi de mieux qu'un vaisseau anachronique pour abolir le réel pour un temps ?

J'étais Kerouac sur sa *Route*, plus marin que pilote, à la dérive, sans réelle morale que me faire un passage jusque là-bas, bercé par l'ennui en tentant de l'écraser, cet ennui, sous mes roues.
Comme Kerouac, cette route désespérante n'était ranimée que par moments, intenses, palpitants, rares.
Entre vivant et mort, au rythme de la musique, Dylan, Springsteen, Elvis, The Beatles, Johnny Cash…

Cherchant les ennuis pour éviter l'ennui… et les éviter finalement, parce qu'il ne faut pas déconner quand même.

Je rencontrais des gens aussi, des passionnés qui me comptaient leurs belles mécaniques, la vitesse, les pannes, les trésors immenses du long des routes, les émotions qui les reliaient à leurs caisses. Parce que le choix d'une voiture de collection se fait toujours par émotion. Une émotion ancienne, familiale souvent, d'enfant surtout.
Ces discours étaient beaux à écouter, à sentir vibrer, à déconner.
Je remontais dans ma Dodge pour rouler en pleine introspection, jamais content, toujours en partance… pour revenir sans cesse.

Franck Antunes

Partir, revenir…
Partir, revenir…

Chapitre 30

Et pourquoi revenir ?...

Il y a de la place dans ce genre de caisse, vous pouvez mettre votre mal dans le coffre immense.
Vous ne risquez pas de le distancer.
Il vous suit, vous dépasse même, dans les virages pris trop vite, lorsque l'arrière entraîné par la force centrifuge et votre trop grand optimisme vous fait perdre le contrôle dans cette épingle mal annoncée.

Oui, pourquoi revenir...
Pourquoi ne pas faire un aller sans retour ?
Ça arrangerait un peu tout le monde de s'enrouler autour de cet arbre. Moi, surtout.
Ce beau platane qui a vu d'autres désespoirs se fracasser sur son écorce et qui repoussera sans amertume.
Il est tentant... il renvoie si bien le bruit du V8 qui vient le heurter en douceur.
Il sait rester si calme malgré la vitesse de l'engin, à peine un frémissement des feuilles... Comme un appel.

— Viens, mon grand, je t'attends, ce sera magnifique, de l'Albert Camus !
Cet amoureux de la vie qui meurt en costard, foudroyé dans la dernière voiture de luxe française sur une petite route vicieuse... c'est tellement classe.
Avoir tant écrit, tout réussi, flamboyer et s'écraser avant d'être vieux, laid, débile et dépassé...

Je *peste* devant cet *homme révolté* et *juste*, dans cette *chute* dont je reste *l'étranger*…
Je comprends Sartre, c'est à rendre jaloux un type comme ça… c'est bien tout ce que je comprends chez Sartre…

Et moi je roule à tombeau ouvert… un tombeau accueillant… tel un possédé… oui, au bout d'un moment, au bout de la route, une bagnole, ça vous possède… plus que vous ne la possédez.

King sait de quoi il parle avec *Christine*.
Ce Maître des ténèbres n'a qu'à observer, mettre un peu de vice dans la vie, saupoudrer de noirceur et d'imagination pour aller plus loin que les apparences.
King va trop loin, trop bien, trop fin… pour nous les hommes.
Il s'adresse aux démons, lui aussi…

Ce serait beau de se planter sur ce platane en laissant des *mémoires* venus *d'Outre-tombe* comme un Chateaubriand.
Mais impossible de s'approcher du grand homme, puisqu'il a réussi à laisser une trace d'une classe indélébile et indépassable, une retranscription magnifiée d'une vie qui n'aurait été qu'oubli sans le talent de ses mots.

Je n'ai rien écrit… aucune trace de mémoire…

Le platane passe…

Chapitre 31

Je commençais à retrouver de l'énergie…

À me sentir homme… bien plus qu'humain.
Un homme n'est pas la plus belle partie de l'humanité, surtout lorsqu'il veut être fort et viril.
Oh, je ne dis pas comme un certain que la femme est l'avenir de l'homme.
Donnez du pouvoir et de la force à une femme, elle deviendra aussi laide que son homologue connard.
L'humanité devrait être intelligence, altruisme, bienveillance, mais elle est souvent… masculine, dominée par un monde patriarcal qui n'est pas en vouloir de céder sur quoi que ce soit.
Je me sentais de ces hommes-là, je n'avais connu qu'eux, et je voulais me retrouver avant de me comprendre pour me transformer. Ou de me perdre dans mes contradictions et caricatures…

La bagnole, ça m'allait bien au teint, pas au ventre…
Puisque je commençais à regarder la trace que je laissais dans les rétines des autres… dans les miennes… à regarder la glace… mon bide… ma laideur… à ne plus le supporter, ce miroir… je me dégoûtais aussi physiquement de moi… de mon essoufflement… de mon lard… il fallait que je lui rentre dedans… que je me batte physiquement pour quelque chose… contre quelque chose… pour quelqu'un… contre moi.

J'avais été très sportif, j'aime cette exigence, ces confrontations, je décidais de reprendre… avec des poumons pleins de goudron et du plomb plein le cul…

Et puis les valeurs du sport allaient me faire du bien pour me réconcilier avec moi-même…
J'déconne.
Il faut démystifier le sport, ce n'est pas parce que vous mettez un short ou un kimono que vous vous trouvez paré de vertus.
Conneries !
Le sport ne porte aucune valeur morale particulière.
C'est de l'esbroufe quand un éducateur vous parle de ça.
Du marketing lorsque c'est un communicant qui en blablate.
De l'attrape-couillon lorsque des parents indolents et crédules veulent l'expliquer aux enfants.
Voilà.

Je n'ai pas dit que le sport n'a pas de qualités positives, juste qu'il n'en a pas de valeurs intrinsèques.
Vous n'y trouverez que ce que vous y mettez.
Et ce n'est pas très beau lorsque le but n'est que de gagner.
Ne vous y trompez pas, quoi qu'on vous dise : le sport, c'est gagner !
Désolé, Baron…

On retrouve plus de valeurs positives dans l'art, le monde du travail, la vie associative, la politique…
Étonnant, non ?
Non.

La force du sport n'est que dans la limite... la repousser... se tester... en découvrir de nouvelles... pour se maîtriser... se connaître... l'autre n'est que le support de vos propres limites... il faut le battre, pour se battre... se vaincre... se tuer pour se réinventer... se faire mal... et faire mal aux autres...

Alors les valeurs dans tout ça...

Je parle du sport, pas des amusements qui vous secouent un popotin bardé de trucs fluo sur des musiques boum-boum.
Je n'ai rien contre ça, ce n'est juste pas du sport... mais de l'agitation...

Le sport, ce n'est pas fun !

Cécile Coulon, formidable conteuse moderne autant que cavaleuse des champs, l'a tellement bien démontré dans *Le Cœur du pélican*. Son livre est comme une course, et l'on tourne frénétiquement les pages en suivant les traces des mots qu'elle laisse sur les sentiers de nos pensées boueuses.
Grâce à son approche à contre-pied, elle sait nous préserver une intrigue persistante, la ligne d'arrivée n'étant pas au mot « fin »... les phrases continuant à tourner tels des marathoniens soulés par l'asthénie.
Cécile nous décile sur les raisons profondes de l'exigence sportive, sur les espérances illusoires et abusives, les injustices des blessures, les névroses inhérentes à la recherche de la performance... et ce n'est pas beau.
Elle bouscule les évidences marketées par des virgules officielles ou des acronymes populaires, et nous en-

traîne en un souffle rauque, profond, baigné dans l'odeur des dessous de bras, en totale immersion.
Cécile sera une très grande auteure… à la croisée des routes entre poésie et roman…

J'ai pris le sport avec haine.
Quelle volupté de dominer son corps, de lui imposer sa volonté, de le rationner, de le pousser à bout, de se voir fondre, se creuser les joues au burin des chemins.

Et rejeter cette haine sur celle des autres afin de pouvoir viser le type là-bas, le rattraper, le doubler en foulées longues et souples, lui parler dans ma tête.
(— T'as la mort, hein…)

S'inscrire au 10 km de sa ville, concourir avec des victimes que vous désignez d'un coup d'œil qui semble sympathique.
(— Toi, j't'aurai !)

Les débuts furent chaotiques, bien sûr…
Je courais à un rythme proche de la honte.
La sueur ne pouvait s'arrêter qu'au nombril, impossible de passer l'aspérité boursoufflée du ventre.
Le souffle se perdait au coin de la rue, ensuite il me faisait tourner la tête… rougissant de toxines en fuite.
Mais très vite, en me renseignant, par application de principes et par plaisir de la douleur, la foulée s'allongea, le cerveau dopant mon corps avec obstination.

J'arrivais à ces moments d'extase lorsque les jambes volent et que la tête se vide dans une clarté débarrassée des scories de la vie. Lorsque la douleur n'est plus, même pas un souvenir, que le temps se ralentit, s'immobilise, pendant que vous ne faites qu'avancer.

Ces instants ne durent jamais longtemps, juste un moment, une parenthèse, suffisante pour vous faire croire que le monde est beau, pour vous rendre accroc… mais vraiment accroc à un monde presque inaccessible, seulement touché du bout des doigts, juste entrevu…

Et tout retombe ! … des graviers ! … la pluie ! … cette montée qui arase un souffle déjà court ! … les problèmes qui continuent à ne pas lâcher mes baskets ! …

Et ce con qui me double !

Pour progresser, je me suis mis à écouter le peloton, les conseils, les remarques, j'observais les pratiques, les pratiquants, les gens.

J'échangeais à peine, un peu quand même.

C'est le ventre qui bouffe la vie, c'est du ventre que vient la mort, je la bouffais en me goinfrant de kilomètres.

Surtout pas de musique, pour bien entendre la biomécanique, déguster le mal à pleins poumons.

La douleur est ce qu'il y a de plus réel dans ce monde, le bonheur n'est souvent que le jeu des illusions.

Je revenais dans le réel…
Comme dans un accouchement.

Dans un cri…

Chapitre 32

Roger, c'est un roman...

Ou ça pourrait l'être...
Une vie épique, celle des potes.
Mais je vais faire court et je ne vais pas tout vous dire, il y a des choses qui ne vous regardent pas... pour l'instant.

Et je ne dis pas ça parce que je suis bourré aujourd'hui... ou ce soir... je ne sais pas l'heure...

Une cuite du genre de celles dans *Volcano* de Malcolm Lowry... dont on ne se remet pas vraiment... de celles qui sentent la culpabilité... pour un amour perdu... ou un espoir désespérant... ou pour des potes qu'on a osé oublier... enfin, pour un bout de soi qu'on a laissé mourir... par inattention, facilité ou insuffisance.
Qu'est-ce qu'il nous met, Malcolm !
En tant que barman, il ne serait pas rentable, ça déborde sous ses airs d'English.
Vous prendrez bien un vers pour commencer ?
Plutôt prose, alors...
Quelques verres de mescal, de préférence.
Lowry est inspirant pour tous ceux qui veulent noyer un truc qui flotte encore malgré eux.
Ce n'est pourtant pas le seul écrivain ivrogne.
Mais lui nous traîne au Mexique dans une mise en abîme tragique, inéluctable.

Quelque chose de *L'Enfer* de Dante, mais pire.
Quelque chose de Joyce, mais mieux.
Avec ces phrases tronquées (comme un verre de trop qu'on ne peut finir), ces répétitions de mots (comme un alcoolique qui ne peut s'arrêter), ces références à tant d'auteurs (comme un clochard céleste ivre de connaissance), le style est brumeux, ténébreux, enivrant, bien sûr.
Et l'histoire nous enferme dans sa destinée, hermétiquement accaparée… pas d'interstice, pas d'échappatoire, rien à imaginer, et impossible de tout comprendre.
Non.
Le livre d'un auteur qui vit au bord du précipice, avec la mort, qui la fréquente, qui la sait là.
Et l'alcool n'est qu'un chemin, et l'abîme un destin.

Je regarde cette époque où je buvais.
Mais bien !
Je regarde ces verres de single malt, ces Glennmachin, cette tourbe qui vous envahi le nez pendant que le liquide vous râpe la gorge en transformant le bois de la langue en sciure, pour finir par vomir des lames de rasoir.

Je nous regarde.
Nous étions six.
Six gamins dans un lycée de banlieue.
Un lycée de futurs hommes où il n'y avait que huit filles, dont trois mecs, entourées de quelques centaines de braillards…
Nous étions des ados qui se cherchaient… des ados, quoi.
Roger était déjà un mec.

Roger savait comment être cool, à l'aise, déconneur, subtil, drôle, encaisser des litres d'alcool à notre grande stupéfaction tout en étant toujours et encore plus lui-même, il relativisait tout, les mauvaises notes ne comptaient pas. Il savait déjà travailler, en vrai, nous qui tentions de faire illusion pendant les stages.

Il pouvait tout faire, ressusciter un tas de rouille ressemblant à une voiture pour en faire notre carrosse de déconne, construire un mur en sifflotant des airs et du liquide, usiner un cube d'acier en domptant cette machine-outil qui me résistait si bien.

Toujours un bon plan, une bonne idée d'éclate, une tranche de rigolade au frigo.

Il savait être libre, indépendant, s'assumait tel qu'il était.

Même pas Chef de bande, il n'en avait pas besoin, il était au centre sans le demander, juste parce que nous l'aimions et qu'il nous aimait.

Alors nous aimions les autres de la bande aussi.

Nous nous aimions.

Ce n'était pas le plus beau… non… petit, rondouillard… plein de défauts, comme nous… mais lui était juste irrésistible.

Il parlait fort, riait gras, gueulait pour nous faire marrer, nous bousculait en nous regardant droit dans les yeux lorsqu'un de nous n'allait pas, pour le remettre dans le groupe, le sortir des doutes.

Il était costaud et généreux, alors il offrait sa force en transfusant sa vitalité.

Roger était mon modèle de ce que je voulais être au présent… mais je n'essayais même pas de l'imiter.

À son contact, je me désinhibais, je grandissais.

Roger savait comment… sur tout…

Quand moi je ne savais pas grand-chose de la vie qui me débordait.
Roger était un Prince.

Les six, nous nous sommes suivis des années… puis eux ont continué à se voir… je les ai d'abord un peu perdus de vue… puis perdus tout court… tout con…
Par ce que j'étais devenu.

Du temps a passé.
Une nuit, Roger est mort.

Fred m'a appelé.
— Je ne sais pas si tu es au courant… Roger…
(Silence…)
On s'est revus devant son cercueil.
Puis on s'est retrouvés.
Enfin.
Autour de lui d'abord.
Puis de nous.
Et puis grâce à eux, sans qu'ils le sachent, j'ai commencé à me retrouver.
Les amis m'ont sauvé la vie parce que j'étais quelqu'un à leurs yeux, parce qu'ils ont toujours été importants pour moi, beaucoup plus que je ne le savais.

Ils m'ont permis de me souvenir du temps où j'existais…

Chapitre 33

Elle semblait une sirène...

Au début... Au début... Au début... J'aurais voulu que ce ne soit que sexuel, mais ça n'a jamais été que ça.

Belle comme le jour, comme un nouveau jour.
C'était mon jour...

Pourtant, une black, bien plus jeune, et un type comme moi, ça pourrait ressembler à une histoire vicieuse.
Eh bien non.
Il y a des rencontres qui scellent des serments.
Parce qu'on se sent bien, différent, un autre soi, retrouvé.
Des rencontres ayant un goût déjà connu, reconnu, comme une résurgence d'une vie antérieure.
Oui, je sais, ça sonne comme des conneries tout ça, des justifications.
Tant que vous ne l'avez pas vécu, tant que vous n'avez pas humé ce parfum, tant que vous n'avez pas touché des doigts cette réalité, c'est ce que vous vous dites.
Mais lorsque ça vous tombe dessus...

C'est une rencontre, une des belles, une de celles qu'on sait essentielles.
Simple dans le fond, compliquée pour tout le reste.
Faite d'évidences.

Comme se perdre dans la nuit et trouver un regard… aussi perdu que le sien…

Être dans la douleur de la perdition et rencontrer une douleur au moins aussi vive, celle d'être manipulée et battue par son mec.

Avoir besoin de se raccrocher et trouver un sourire fait de tristesse et de besoin de joie de vivre.

Se redonner des couleurs en lui apportant une forme de bonheur.

Se redonner des douleurs aussi en vivant la sienne.

Se donner totalement pour qu'elle s'épanouisse, l'aider, la protéger, la guider vers une vie meilleure. Une vie avec des projets, un chemin, un but.

Faire tout ça à fond perdu, à cœur éperdu.

Réapprendre à aimer alors qu'on n'a jamais appris vraiment.

Tomber amoureux de l'amour.

Régresser dans l'amour pour se réinventer.

Mal s'y prendre, maladresse, trop de tout, d'impatience, déborder d'aimer.

Je me suis jeté à ses pieds, elle m'a regardé, émue.

Elle est redevenue Princesse.

Redevenue elle-même.

Je l'ai sauvée, je pense, je crois.

J'avais enfin réussi quelque chose.

Trouver quelque chose de bien en moi pour le magnifier et le donner.

Donner.

Pour la beauté du geste. Pour sa beauté intérieure.

Je la désirais, je l'aimais, elle était ce que je n'avais pas, ce que je n'étais pas, ce qui me manquait.

Je suis devenu un autre, mais un autre qui était en moi, le positif de mes négations.

3

Elle n'était pas parfaite, ne savait pas totalement aimer, ne s'abandonnait pas entièrement.

Je n'étais qu'exagérations, voulant être rassuré par pulsion, demandant sans cesse cette affection que je ne savais apprécier.

Me torturant pour un oui, pour un non, tonnant sur des silences, des absences.

Je ne la respectais pas assez, mais j'apprenais en même temps que je découvrais.

Elle m'apprenait de sa douceur, de sa retenue subtile et touchante.

Elle effleurait les sentiments pour les polir de ses griffes légères.

Les obstacles sont vite arrivés. Ils étaient dans le paquet cadeau.

De toutes sortes.

C'était *Roméo et Juliette* de Shakespeare, mais à notre petite façon.

Immense œuvre, d'une intemporalité à rendre jaloux n'importe quel ambitieux de la littérature.

Des tirades d'un lyrisme éclatant, flamboyantes, mais en même temps d'une délicatesse et d'une justesse infinies.

Une histoire éternelle que celle d'aimer passionnément.

Mais également une éternelle histoire de la stupidité du monde que celle d'empêcher deux êtres de vibrer ensemble.

Roméo et Juliette, c'est l'amour obstacle, celui qui fait souffrir en pleine passion, de cette passion qui tient son étymologie de pâtir.

Comment écrire aussi fort si on n'a pas vécu entièrement cette forme d'amour ?
Shakespeare n'est pas à un mystère près, et celui de l'amour, il a su le déflorer, presque l'inventer.

Les obstacles nous ont débordés, et je lui ai certainement fait peur avec mon trop d'aimer.

Ça ne sera peut-être pas pour cette vie… une prochaine, sûrement… forcément…

Vous avez compris… elle m'a quitté… mon jour devint nuit.
L'âge… les différences… un autre mec… de son âge… moins différent… plus acceptable… je ne sais pas vraiment, en fait…

Elle a choisi… je n'ai pas compris…

Je l'ai bien mérité… c'est ce que vous vous dites :

Bien fait pour ta gueule !

Chapitre 34

J'ai hurlé à l'intérieur pendant des mois…

J'ai tout gardé, je n'ai rien exprimé.
Je ne pouvais pas dire, je ne voulais pas dire, je ne savais pas dire, je n'avais personne à qui parler.
Il fallait que je me débrouille, que j'avale la peine, que je l'émiette, pour la digérer.

J'ai dû ressentir quelque chose de *La souffrance du jeune Werther*. Ce vieux Goethe…
Je vous vois, vous faites : « Pouah ! »
Un roman du XVIIIe, boursoufflé d'amour tragique.
C'est pourtant un monument épistolaire qui se savoure et ne peut être compris que par ceux déjà tombés éperdument amoureux. Ils seront forcés de se reconnaître, se dénicheront enfouis dans les pages.
Car Goethe magnifie tout ce qui ressent, respire, bouge, vit, meurt.
Il nous offre un voyage dans l'amour court et intense, magnifique, tragique, à fondre de douleur, pour la beauté d'aimer.

J'avais été abandonné de façon injuste et brutale, en plein amour, il fallait me venger.
Je lui ai écrit des choses moches, je voulais être moche.
Je voulais la détester et être détestable.
Mais voilà, j'avais changé, je ne savais plus faire.

Je ne savais plus faire du tout.
J'étais devenu autre.
Pourtant, je donnais l'impression d'une dureté terrible, je me donnais physiquement l'apparence d'une brute, mais je veillais terriblement sur elle. Elle s'en est aperçue, s'en est émue.

— Tu… tu m'as aidée ? …

J'ai nié…
Elle savait quand je mentais.
Elle m'est tombée dans les bras…
J'avais toujours autant de sentiments.
Elle en avait de plus beaux.

Bien sûr que les obstacles sont en acier, que le monde est en pierre, que les gens sont inflexibles, que les conventions sont inébranlables et que les pauvres amoureux ne sont faits que de chair et de sensibilité.
Ils n'ont aucune chance.
Bien sûr que le sentiment d'amour ne dure pas toujours, que sa chute est imparable.

Mais un attachement, curieusement, nous unit à jamais.

On ne badine pas avec l'amour, dirait Musset.
Mais on peut le réinventer.

Alors merci, merci, merci pour ta douceur, pour ce truc très spécial entre nous, très fort et très sincère.
Unique.
Pour lequel des mots n'existent qu'à peine.

Cette complicité que les regards traduisent en silence. Nous sommes si forts ensemble et si tristes séparés qu'il ne faut plus l'être et préserver ce lien si puissant et si important, si émouvant, fait de l'écoute de l'autre, de rire et de plaisir, de tactile aussi…

Nous ne serons jamais amis, mais tellement mieux et plus.
Jamais mariés, mais tellement plus vrais.

En tout cas, plus jamais seuls… Plus jamais totalement tristes ?

Chapitre 35

Tous ces changements, je les ai faits en même temps…
Quasiment.

Après ma prise de conscience, après ma plus belle victoire professionnelle, après mon plus triste comportement, après avoir atteint le comble du cynisme, après tout, pourquoi pas…

On sait rarement ce qui déclenche un changement, ce qui pousse à vouloir être différent. On peut toujours trouver des a posteriori, de bonnes raisons, des destinées, des signes précurseurs… il faut juste être imaginatif…

Pourquoi après avoir atteint les cimes d'un système, me suis-je précipité dans l'abîme d'une vie presque inconnue, au travers d'expériences immaîtrisables, devant l'hébétude de ceux qui s'imaginaient me connaître ?
En vérité, je vous le dis, c'est la première fois que je me pose la question…
Je crois que je ne sais pas.
Je crois savoir des choses, mais je ne parviens à dessiner aucun contour nettement.
J'ai des flous, des absences, des justifications vagues, rien de précis, de l'indécis… et ça ne me ressemble pas.
D'habitude, je comprends ce que je fais… logiquement… ou à peu près…

Mais là…

Il le fallait.
Simplement.
Et admettre ça.
…
Je crois.

Je me suis dérouté de ce qui m'était tracé, tout en déroutant mon entourage.
Alors que j'essayais d'être meilleur, je faisais peur.

Ce n'était pas le but, évidemment, mais je ne maîtrisais pas mes expériences et mes transformations.

C'était un peu l'inverse du roman de Stevenson, *Docteur Jekyll et Mister Hyde*.
J'avais avalé une potion, mais en étant Mister Hyde et dans d'affreuses souffrances, sous l'incompréhension de ceux qui croyaient me connaître, je me transformais… en espérant devenir le bon Docteur…
Stevenson nous interpelle en nous faisant réfléchir à travers ce roman fantastique.
Il nous force, dans la peur, à ce questionnement.
Peut-on se débarrasser de sa part d'ombre ? Ou seulement la maîtriser ? Est-elle inéluctable, quelle que soit notre bonté ?
Stevenson sait créer une tension, faire monter une intrigue, chacun de ses romans est haletant.

À lire la nuit quand les chats sont gris et que règnent les silences imparfaits d'une ville endormie.
Je suis boulimique avec la vie, j'ai tout avalé, je me suis bâfré de changements, j'ai englouti les expériences.

La digestion n'a pas été simple, l'overdose n'était pas loin.
Je me suis senti nouveau, lavé, en prise avec moi-même.
J'avais repris en main ma ligne de vie.

J'ai fait ce voyage intérieur en me véhiculant des autres. Sans les utiliser, mais en étant avec eux.
En partageant.
Partir à l'assaut de sa propre montagne ne peut jamais être un voyage seul, il nécessite une cordée, des outils, de l'énergie.
Et oser se dépouiller de soi.

Comme Las Cases faisait dire à Napoléon dans *Le Mémorial de Sainte-Hélène* : chaque heure me dépouille de ma peau de tyran… en tout cas de méchant.

Je me suis fait mal à faire si fort, si vite… certainement pour me rendre compte de ce que je ressentais… si je pouvais toujours ressentir… je me suis surtout concentré sur la douleur… la seule chose qui soit vraie… qui relie à la réalité… je voulais sûrement me faire mal… je me suis bien servi… des aiguilles de partout… de vieilles piqûres familières… j'ai essayé de tout oublier… mais je me souviens de tout ce que j'ai fait… de tous… et je vous l'offre de bon cœur, mon Empire de poussières… de mal… je porte le fardeau de toutes ces illusions en perdition… de tout ce que je ne peux réparer… et de tout ce que je ne peux changer…

Alors il me faut recommencer…

Chapitre 36

Recommencer pour quoi faire… et avec qui…

Ça devient évident, les yeux d'un enfant, quand on commence à être sensible aux sentiments.

Ils étaient restés là, souriant, ma famille.
Une famille compréhensive de ce qu'elle savait, pardonnante de ce qu'elle croyait, patiente de ce qu'elle espérait.
Une famille, c'est également plein de vicissitudes, d'incompréhensions et de non-dits, plein d'inconnus aussi. Mais elle peut rester soudée nucléairement, de la force des atomes que chacun représente.

En famille, on vit le meilleur et le pire, pourrait-on dire en citant Dickens.
De son XIXe siècle, sorte d'âge d'or de la littérature, l'auteur tente d'illustrer la vie autour de foyers bousculés au grès de conditions sociales terribles qu'il dénonce pour l'exemple. Dans ce marasme picaresque, il construit et déconstruit les liens et illustre les manques et les absences.
Son œuvre est tellement gigantesque, passionnante et trépidante qu'on peut se demander par quel bout la prendre…
Oliver Twist sera votre guide jusqu'à *David Copperfield* qui vous mènera à la porte *De Grandes Espérances*. Alors il vous faudra connaître la totalité de son œuvre.

La famille est le lien de ses pages, pour le meilleur et pour le pire.
Pour Dickens, c'est souvent le lieu du début et de la fin de l'aventure.

Ce lieu aujourd'hui est certainement le dernier territoire des véritables aventuriers.
Ceux-là qui explorent le monde pour mieux finalement se découvrir au sein de ceux qui sont tout pour eux.
Une quête continue qui nous ramène à nous. Souvent.
Pour les plus persévérants.
Avec ce moment du retour où l'on redevient père, homme, enfant surtout, mais un enfant qui a vieilli… après avoir compris ?
En tout cas, certaines choses.

J'étais en face d'eux…
Je voulais reprendre ma place.
Je ne pouvais pas même la reconquérir, j'étais juste là.
Enfin.
Soit ils me reconnaissaient et puis voilà…
Soit je les indifférais et puis c'est tout…

C'est comme ça que c'est reparti, sans crise, sans heurt, sans pleurs ni effusions.
Juste quelques sourires et les mots de la banalité.

Un mariage d'amour ne dure jamais, un mariage, c'est la raison.
C'est la société qui a raison.
Et dans ce mariage, on s'aime, puis moins, puis pas, puis à nouveau, et c'est ce qui est beau.
Ce qui est déjà venu, pourquoi ne pas le voir revenir ?

3

Il faut construire les conditions, et la magie, à l'improviste, refait son œuvre.
Il suffit d'être patient et bâtir.
De prendre le temps d'éduquer les enfants, d'être leur exemple, d'être doux avec leur maman, et puis à un certain moment… le bonheur surgit.
Un regard, une rigolade, une réussite, un câlin, un « papa, je t'aime », un « je t'aime » vous embellit.

Ça ne dure qu'un instant, alors il faut le saisir et le faire grandir, le germer dans sa tête pour que cet instant dure artificiellement jusqu'à l'autre instant pareil, qui viendra sûrement.

C'est ça, le bonheur, c'est fugace et ça laisse des traces durables.

La voiture, j'y ai mis les enfants et nous avons roulé, furetant sur la N7.
Qu'est-ce qu'on est heureux, nationale 7 !
La Dodge vrombissait pour nous, crissait des pneus pour faire naître des rires. Elle s'est dévêtue de ses habits démoniaques pour se paraître de plaisir. Même ses vapeurs ou ses entêtements à ne pas démarrer étaient marrants. Quelques outils, de la sueur, et le gros moteur nous souriait en reprenant vie comme d'un clin d'œil.

Les amis avaient aussi des enfants, et toute cette troupe batifolait devant nos verres de bière arrondis et nos ventres aussi. Nous nous remémorions Roger pour utiliser la force qu'il avait laissée en nous.
Nous faisions maintenant mieux que lui.
Nous avions grandi.

Alors oui, un mariage d'amour ne dure jamais… mais c'est beau… puis c'est laid.

Mais c'est beau… et on peut se raccrocher à cette beauté… pour courageusement en faire une force pleine de panache.

Je m'étais retrouvé… mais mon métier s'éloignait de moi.

Ou l'inverse.

En tout cas, je n'étais plus en phase… alors viendrait nécessairement le moment où ils s'en apercevraient et seraient à nouveau tentés de me virer…

C'est drôle, non ?

Chapitre 37

Comment passer d'un métier à l'autre ?

À mon âge... dans ma condition... avec les charges morales, physiques et financières que j'ai réussi à m'imposer...

C'est-à-dire trouver un nouveau costume à enfiler qui épouserait mes idées... plutôt que l'inverse... plutôt que ce que j'avais fait jusqu'alors... ce qu'on fait presque tous... peut-être vous aussi, d'ailleurs ?

Retrouver une âme d'enfant, prête à débarquer dans un nouveau monde en me disant « qu'on ne voit bien qu'avec le cœur. L'essentiel est invisible pour les yeux ». Vous la connaissez, cette phrase... page 74 en bas de l'édition classique du *Petit Prince* de Saint-Exupéry.
Dans cette histoire tragique, Saint-Ex nous remet en phase avec nous-mêmes, avec notre naïveté si belle et désarmante. Il nous questionne aussi, bien sûr, avant tout. Les grincheux réfractaires aux succès littéraires pourront critiquer, se moquer même, parler de niaiserie ou d'escroquerie pour certains, il y a pourtant tant à apprendre de l'enfant enfoui, même s'il vient d'ailleurs.

L'Entreprise peut être un lieu de toutes les humanités, si chacun décide de travailler pour le bien de tous, si les intelligences peuvent s'additionner plutôt que s'affronter dans le choc inutile des égos surdéveloppés.

Le manager doit fédérer, chercher les compétences, les différences, les faire travailler à bon escient, accepter les idées qui ne sont pas de lui, les mettre en valeur.
Dans un seul but… plus de performance.
Ce n'est pas antinomique, bien au contraire, bien évidemment.

On travaille mieux quand le projet est partagé et qu'on se sent dans les meilleures conditions pour l'exécuter.

Une utopie ?
Bien sûr que non ; d'ailleurs, les utopies sont si dangereuses… Une utopie fait fi des contraintes et réfléchit sur un modèle idéal qui ne peut exister. L'humanité n'est pas parfaite, le monde non plus.
Il faut regarder les contingences en face, œuvrer avec elles et les utiliser comme de nouvelles forces… ou les admettre…

Pas facile…
Puisque les habitudes, le discours commun, la pensée générale nous dictent une voie autre et faussement rationnelle.
Mais ça s'apprend ou ça peut s'apprendre.

Sortir de la dictature des objectifs et se concentrer sur le « bien faire les choses » en s'appuyant sur une communication valorisante qui ne nie pas les obstacles et le travail de tous.
Sortir de la dictature des objectifs pour faire mieux sans gêner ni détruire le travail de son collègue.
Sans cesse se remettre en cause, former, motiver et bâtir de nouvelles solutions en s'aidant aussi des fournisseurs et des sous-traitants, puisqu'une grande partie de votre efficience se trouve chez eux.

Convaincre plutôt que contraindre… J'ai dit l'un plutôt l'un que l'autre… Je ne suis tout de même pas devenu une confiserie molle à base de sucre et de blancs d'œufs battus, aux extraits de plantes douces et aromatisée à l'eau de rose… de la guimauve.

Fondamentalement, c'est juste un repositionnement de la hiérarchie, un léger abandon de soi, une volonté d'écoute et d'acceptation des différences.
C'est surtout prendre conscience qu'une entreprise est un grand cerveau, que vous n'êtes qu'un neurone dans cet ensemble, et ce sont les connexions entre les neurones qui font la puissance d'un cerveau.

Pour cela, il faut évaluer le travail de chacun par son apport personnel au projet, mais également par sa façon de communiquer et d'aider le travail des autres.

Révolutionnaire ? Je n'ai pourtant rien d'un Robespierre.

Je ne coupe pas les têtes, je veux les faire pousser en grappe.

Chapitre 38

Il a fallu démissionner…

Bien entendu, impossible pour moi de tenter de pratiquer ces méthodes chez ACA, j'étais trop estampillé Machiavel.

Le seul petit problème, c'est que j'avais peur… Je connaissais les capacités d'emmerdeur de mon supérieur… sa pathologie à la destruction…
Je ne pouvais le contourner, il me fallait l'affronter, cette fois.
J'avais pratiqué l'évitement pendant si longtemps que la confrontation m'était une méthode presque inconnue.
Un saut dans le vide sans élastique… avec juste un petit parachute tricoté par mon esprit.

Ce n'est pas grave d'avoir peur, la peur est un bon indicateur du danger, c'est grave de ne pas la surmonter.

Vous voulez savoir ce qu'est la peur ?
Lisez donc *Le Puits et le Pendule* d'Edgar Allan Poe.
Avec le talent de Baudelaire à la traduction… car sa patte se joint avec brio aux névroses de l'auteur.
Le texte est mystérieux, puisqu'il y a peu d'informations nous permettant de comprendre où se trouve le narrateur et pourquoi…
Une geôle…

L'Inquisition…
Le sujet n'est pas là.
Celui-ci saute aux yeux dès les premières pages :
La Grande Frousse !
Poe nous la présente en prenant son temps, en territoire connu de lui mais non apprivoisé.
Elle grince, grouille dans le noir, se nourrit du vide et du temps carnassier.

J'ai bossé pour la surmonter et j'ai trouvé la méthode :
Le silence…

— Jacques, nous avons bien travaillé ensemble, mais c'est le moment.
— De quoi ?
— Que nos chemins se séparent.
— Tu plaisantes ! Tu vas où ? Pour combien ? À la concurrence, évidemment ! Je te payerai plus ! Tu ne peux pas ! C'est une trahison ! J'en étais sûr ! Non ! Tu es le seul homme de confiance dans cette jungle !
(Je vous passe les longues minutes de pléonasmes…)
Tu ne dis rien ?!
Je comprends…
Les mots sont durs à sortir.
C'est ta femme, hein ?
J'en étais sûr.
Je t'avais dit de la larguer ! Toutes des…
Des femmes, il y en a des tas !
Fais comme moi…
Je te connais, ce n'est pas pour négocier que tu me fais ça…

Mais je t'augmente de 20 % !
30 % !
Je suis stupide...
C'est certain ? C'est ta décision ?
Réfléchis.
Fais comme moi, la réflexion, ça a du bon...
Je vois, tu as réfléchi.
Mais enfin, pourquoi ?!
Pourquoi !!
On a fait tellement ensemble...
Mais dis quelque chose !
Tu n'as rien dans le froc ou quoi !
Bon, d'accord...
Je m'excuse.
...
Bon.
...
Je ne te retiens pas uniquement si tu renonces à tes primes.

— Je te remercie Jacques, pour tout ce que tu m'as appris.
— Léopold, tu étais comme mon... enfin, bref... Si c'est ta décision. Fais-en sorte que nos chemins ne se croisent plus.
(Promis.)

Jacques en avait terminé avec sa fascinante comédie du pouvoir.

Le silence a fonctionné, car Jacques aime s'écouter...

Chapitre 39

Je me suis lancé…

J'ai créé une petite structure de conseils qui fonctionne en séminaires, dans des lieux propices à la quiétude, et en individualisant des accompagnements de dirigeants candidats à la différence.
En utilisant aussi des appropriations par le corps, en vivant les transformations et les émotions, en me basant sur l'exigence du sport de haut niveau.
Pas de cours au sens professoral, mais des tranches de vie, des personnes à motiver, des projets à bâtir et surtout à partager.

Bien sûr, il faut être heureux au boulot pour mieux travailler, mais ce n'est pas un escape game à la tombe raideur (!), une partie de team building assis sur des Lego, un cours de tricotage emmêlé Phildar, une journée d'humiliation dans la boue estampillée Nique ou des défis sportifs dignes des Jeux d'Intervilles qui rendent heureux…
À la poubelle sans recyclage, tout ça !
On peut même se demander si ces méthodes existent pour cause de bonne conscience ou par manipulation cynique ?
Les deux, camarades !

Il faut être heureux au boulot pour bien bosser, mais il faut que ce soit le boulot qui rende heureux !

En voilà une phrase à la hauteur d'un onzième commandement, une vérité vraie évidente (c'est fait exprès !), mais (presque) oubliée et si bonne à dépoussiérer.

Quel est le projet ?
Chers Dirigeants, à vous de le bâtir avec les équipes pour qu'il soit en phase avec les capacités de l'Entreprise, réalisable et menant à de véritables perspectives.

Comment le partager ?
Vénérés Dirigeants, à vous de le faire ressentir, de convaincre, de communiquer, d'être une publicité ambulante de vos idées ainsi que l'incarnation de la volonté de cette réalisation, de savoir vous entourer, de laisser une liberté à vos précieux collaborateurs dans l'accomplissement de ce vœu commun.

Comment le mesurer ?
Adorés Dirigeants, à vous de suivre des indicateurs pertinents et originaux pour sortir de ces obsessions de la marge et du Chiffre d'Affaires en vous intéressant au « comment faire ».

Comment améliorer votre projet ?
Oh Grands Dirigeants, à vous d'organiser des réflexions où les plus impliqués pourront vous apporter les détails que vous n'avez pu appréhender et qui font les différences. À vous de trouver les Mesdames et Messieurs « + », de les écouter et de les garder !

Oui, Vos Altesses Sérénissimes… À vous de bosser !

3

Mais un autre boulot… bien plus drôle, beaucoup plus valorisant et infiniment plus efficace !

Dès les premières expériences…
Comment dire ? … Il a d'abord fallu qu'ils survivent à mon arrogance (des portes ont claqué)… et que je survive à la leur (des doigts sont restés sur les chambranles)… puis ça a fonctionné… sur un malentendu, tout d'abord…
Ils croyaient trouver des méthodes d'Achats de prédateur féroce, ils ont découvert un prédicateur d'un nouveau management.
Presque une philosophie, bien aidé par une infusion de livres… évidemment.

En quelques mois, l'écoute est devenue grande, puisque beaucoup se rendaient compte que le vieux système était à bout de souffle, et qu'ils ne se sentaient plus du tout à l'aise dans leurs costumes de dictateurs.

Les débuts furent délicats, mais j'avais un tel répertoire que les contacts m'écoutèrent poliment, puis gentiment, puis se laissèrent tenter… et revinrent.

Enfin est arrivée la deuxième vague, celle des « on m'a dit que c'est pas mal, votre truc ».
J'ai pu développer.
Ouf !

Cela fonctionne parce que je sélectionne, je ne sais pas le faire pour tous, il faut que j'entrevoie la petite lumière intérieure, celle qui fait voir le monde meilleur derrière les affres de la réalité. Celle qui pousse à changer.

Le plus bel exemple est Jacques Lusseyran dans son admirable : *Et la lumière fut*.
Dans le foisonnement des livres sur la Seconde Guerre mondiale, il y a les monstres sacrés, les héroïques, les arbres gigantesques qui cachent la forêt des inconnus, des anonymes ou qui le sont devenus.
Lusseyran était pour moi bien planqué sous la canopée.
On me l'a offert, donné à lire.
L'auteur se raconte, de son enfance où il devint aveugle à son entrée en résistance et jusqu'à Buchenwald où les GI le sauvent finalement.
Lusseyran évite tous les pièges du genre et nous fait découvrir sa différence, son monde, sa lumière intérieure.
Quelle leçon de vie ! Quelle limpidité de style !
Un livre à découvrir comme une étincelle au fond des ténèbres.

Je me suis éclairé de ses lumières, et même si je ne gagnais pas autant d'argent que précédemment…
Gagner autant… gagner plus…
Mais on s'en fout de l'argent !

L'argent n'est qu'un moyen alors que beaucoup s'en font un objectif…
Je ne suis pas très pertinent sur le sujet du grisbi, de la fraîche, du flouze, du fric, du blé, de l'artiche, des biftons, de la maille, peu importe le nom que vous lui donnez… en fait, je m'en fous.

3

Mes rêves ne sont jamais aussi gros que mon compte en banque ou qu'un crédit négociable.
Je ne comprends même pas qu'on puisse être tenté de mesurer la réussite d'une personne en fonction d'un chiffre… qu'il soit en €, en $, en £ ou en Brouzouf de l'espace.

Étant donné mon ancien poste aux Achats, les millions ne me font aucun effet et les friqués ne m'ont jamais épaté… mettre mille dans un truc qui en vaut dix… en se disant que ça doit être de meilleure qualité parce que plus cher…
Ahahah ! Là, je rigole ! Je pouffe ! Je m'esclaffe !
Je m'en étouffe, tiens !
Je connais l'envers du décor.
Non, mais oui, c'est trop drôle !

D'ailleurs, la littérature nous parle énormément de cette relation entre le bonheur et l'argent, ainsi de façon éclatante dans *Nana* de Zola. Celle qui vient des bas-fonds pour engloutir des fortunes alors que sa vie reste d'une tristesse confinant au tragique.

Je crois que la richesse ne sert qu'à se payer un égo.
Un gros !

Bon, c'est facile de prendre cette posture lorsqu'on n'a pas de problèmes de revenus…
Eh bien, j'ai aussi connu l'autre bout de l'échelle… ce qu'on nomme la galère, la vraie, du genre qu'on introduit dans le distributeur de billets et qu'il ne nous rend rien…

Gobé, le petit bout de plastique ! Absents, les petits bouts de papier !
Voush ! Un vrai tour de magie ! Avec la décharge d'adrénaline et les angoisses qui perlent sur les joues... Et les lendemains qui vont avec...
C'est peut-être pour ça d'ailleurs que je pense en savoir un peu plus sur le bonheur financier...
Simplement parce que je n'étais pas plus malheureux dans la dèche que caffi de pognon.

Je crois que c'est un don d'être doué au Bonheur (le grand, le vrai) et qu'il ne s'achète pas.
C'est un don de savoir être heureux, ça s'apprend si peu.

On ne peut pas dire que ce soit véritablement un de mes talents...
Comment s'y prennent-ils, ces bienheureux rares et beaux, pour cultiver leurs sourires sincères aussi coruscants que pepsodent et leurs empathies communicatives de musique de publicité des années 80 ?
Je ne sais pas, je n'en sais rien, ne me demandez pas.
Mystère !
Je les envierais presque, beaucoup plus qu'un milliardaire !

Le pognon !
Je ne sais même pas ce que j'en foutrais si je gagnais au loto !
J'avais adoré *La liste de mes envies* de Grégoire Delacourt, une belle surprise jubilatoire où une gagnante du célèbre jeu se rend compte de la beauté fragile du bonheur quotidien, tout en ayant peur qu'il ne puisse résister à la déferlante d'une telle masse monétaire.

Alors elle cache son aubaine pour ne pas courir le risque de perdre le plus important…

Le plus important est que grâce à cette nouvelle activité professionnelle, j'avais les moyens d'être bien, en phase avec moi-même parce qu'avec les autres. Pas heureux, n'exagérons rien (pas doué, je vous dis), mais je trouvais des traces de joie, des fulgurances de douceur.
Et c'est déjà chouette !

On papote, on papote, mais j'ai des clients qui m'attendent…
Les résultats de cette méthode ?
Vous n'avez qu'à leur demander…

J'ai baptisé cette petite boîte O 10 C… En la créant, j'avais terminé ma propre odyssée.
Mon voyage intérieur…

J'en avais mis du temps…
Pas autant qu'Ulysse.
3 et O 10 C…
Mes aventures homériques prenaient fin.

Enfin…

QUATRIÈME PARTIE

Chapitre 40

J'avais du temps, maintenant.

Oui, lorsqu'on fait quelque chose qui nous intéresse vraiment, qui est en phase avec nos aspirations, qui nous implique avec le sourire, alors on peut réfléchir, le cerveau est ouvert… et on a du temps pour des tas de choses, pour des tas de gens, pour soi…
Voilà, une grande découverte !

C'est la contrainte, le stress, les soucis constants, insolubles, omniscients, omnipotents, homme impuissant, qui vous mangent le cerveau, bouffent votre agenda en réduisant le champ des possibles, en annihilant la réflexion. Vous n'avez plus l'envie d'avoir du temps pour quoi que ce soit, pour qui que ce soit, et vous existez si peu.
Ce n'est pas une grande découverte…

Si vous ne parvenez pas à laisser les emmerdes dans le porte-manteau en arrivant chez vous, alors ils descendent, s'insinuent dans votre intimité et s'accrochent à votre slip comme des morpions irréductibles.
Vous les regardez grouiller et vous avez honte, chaque action devient pénible et vous grignote toujours trop de minutes pendant que vous baguenaudez dans votre bourbier… vous ne voulez pas, vous ne voulez rien, alors vous reculez en tournant en rond (oui, c'est possible)… obnubilé par l'obstacle… dévoré par l'angoisse… dominé par l'incapacité… et ce que vous

faites est mal ficelé… mal fichu… à refaire… bringuebalant…
Belote ! Et rebelote ! Et jamais dix de der !
Ça prend la tête !
Vous ne pensez plus qu'à « ça » en voulant le sortir d'entre vos oreilles… le « ça » devient énorme… ça devient :

ÇA !

Il vous bouche tout, il est partout, et vous le nourrissez le goulu, il est si gros, il est King Kong… et un gorille géant dans une boîte crânienne, ça prend de la place…

Alors le temps pour de l'intéressant s'évapore… pffffff !
En fumée, enfumé.
En tentant de vous déconnecter des cris du grand singe, vous accumulez les plages de léthargie, toujours avec votre « ça » en bandoulière.

Des plages à ne rien foutre où vous augmentez votre débit d'heures inutiles, et à moins que *La Machine à explorer le temps* de Wells ne devienne réalité, vous ne rattraperez jamais rien…
Il nous a bien eu H.G., bien fait rêver, mais même lui n'a pas vraiment su quoi faire de sa machine.

Nous, nous ne sommes décidément pas faits pour jouer avec le temps, nous ne pouvons qu'espérer en avoir suffisamment…

L'horizon devient différent lorsqu'on peut réfléchir, se donner une direction, anticiper, s'organiser…
L'horizon devient surtout existant.

Une fois, King Kong réduit à la taille d'un ouistiti, vous pouvez reluquer les vides de votre agenda, le réorganiser et écouter les petites voix intérieures, les rêves en sommeil, les envies limpides.

Alors ce stylo que je mâchouillais pour le boulot ou pour m'aider à comprendre les livres que j'engloutissais obsessionnellement devint un instrument de délectation… au capuchon intact.

Avec le temps va, tout… revient, l'envie surtout.

Chapitre 41

Dix ans déjà…

Cela fait dix ans que j'écris des chroniques sur tout ce que je lis : romans, bédés, biographies, théâtres, même des hors-séries de mensuels (quelques fois mieux documentés que des ouvrages universitaires).
Ça a commencé bien avant cette aventure « 3ienne ».

J'écris ces chroniques pour moi, pour le plaisir d'écrire, pour la difficulté aussi.
Écrire, au début, c'est essayer, essayer encore, rater encore, rater mieux encore, rater moins mal, puis réussir un texte qui donne envie de lire l'œuvre croquée.
On ne peut pas lire sans avoir envie d'écrire.
Je crois…
… D'accord, je reprends : je ne peux pas lire sans avoir envie d'écrire. C'est plus juste.

Écrire une chronique, c'est aussi donner un bout de soi, par la bande, de façon indirecte, quel que soit le texte, d'ailleurs.
L'auteur a son histoire en tête et la codifie avec ses mots, le lecteur tente de décoder avec sa propre machine Enigma (ce système de cryptage de la Seconde Guerre mondiale) qui est fondamentalement différente de celle de l'auteur, avec des rouleaux de la compréhension qui changent en permanence, influencés par

son état d'esprit, son attention, son environnement… alors, forcément, une chronique contient des morceaux du lecteur, des tranches de vie… qui seront plus ou moins bien restituées en fonction de son propre talent à recoder, à écrire dans le format particulier de la chronique, fait d'ellipses et de concision.
Le lecteur devient écriteur, pas écrivain, puisqu'il y écrit en vain… mais il écrit, il choisit un bout du roman, le soulève comme on regarde sous une jupe pour pousser un petit cri coquin ou effrayé.

Une chronique, c'est la vision d'un auteur dans l'univers d'un écriteur qui a choisi de grimper à l'œuvre par un versant du texte.

On écrit une chronique pour le besoin de coucher des mots et lorsqu'on s'en fait une routine, lorsque ça devient une récurrence, alors le travail commence.
Il faut trouver un angle, une aspérité, une facette originale, c'est à ce moment que vient la réflexion, le doute, une petite rage aussi… qui naît avec l'ambition d'être lu et apprécié.

Bernard Clavel nous montre de façon décuplée cette rage d'écrire dans *L'ouvrier de la nuit*. Celle d'un homme en échec qui constate son désastre et prend conscience de sa responsabilité dans les décombres d'une vie égoïste et orgueilleuse.
Il incendie les pages d'une douleur sans concession pour lui-même, en soufflant sur les braises d'un feu créateur incandescent.
Clavel écrit dans un cri !
Le dernier avant le succès.

3

C'est au moment où on possède cette rage qu'il faut s'inventer des principes, une éthique, une ligne d'écriture… et ça devient passionnant.
J'ai décidé de ne pas dévoiler l'histoire racontée dans les livres (sauf des fois…) et de ne jamais dénigrer un auteur (ou si peu…).
Oui, mais je fais ce que je veux avec mes règles…

J'essaie de retranscrire essentiellement mes impressions pour me souvenir des émotions. Alors, bien plus tard, quand je viens fureter entre les pages de mes cahiers, l'histoire redevient, les personnages surgissent comme attisés par les sentiments provoqués.
Le livre me touche à nouveau… beaucoup ou un peu… c'est à ce moment que le talent du romancier se révèle pleinement à mes yeux… suivant la trace qu'il laisse longtemps après.

Du coup, j'aime les écrivains, tous ou presque, et ceux que je n'aime pas, je tente de les découvrir, de les comprendre, de percer leur mystère.
J'ai ainsi eu du mal avec Balzac ou Faulkner… avec beaucoup, en fait.
J'eus souvent l'impression d'être un gamin sous le porche d'une grande maison bourgeoise par une nuit de fête majestueuse. Juste un marmot, pieds nus, bouche bée, fixant la porte entrouverte, écoutant les discussions, les flonflons, le tintement des verres de champagne, apercevant des bouts de robes de soirée, les queues de pies des smokings. Un enfant un peu maculé, intimidé par ce joli charivari, prenant conscience qu'il faut grandir pour y être invité.
Alors, je me grandis à lire une autre de leurs œuvres ou un autre auteur me permettant de les comprendre…

jusqu'à ce que je puisse entrer… timidement bien souvent.
C'est un effet indescriptible lorsque vous poussez cette porte, que vous entrez dans ce chahut et que vous faites partie de la fête de l'écrivain.

Indescriptible pour moi, mais pas pour Francis Scott Fitzgerald. C'est la même sensation que de pénétrer dans une soirée de *Gatsby le Magnifique*.
Un peu comme si…
Enfin, non, je n'y arrive pas, (re)lisez-le, c'est magnifique, luxuriant… tragique et sombre aussi.

Il me reste beaucoup d'entrées à explorer, ces écrivains que je n'apprécie pas encore sont mes idoles en attente.

La force d'un roman est avant tout dans l'émotion qu'il procure.
Vous pouvez lire des livres d'histoire érudits, des biographies bien documentées, des journaux d'époques bien manipulés, vous ne pouvez vous rendre compte du désarroi d'une bataille de la Première Guerre mondiale (par exemple) si vous n'avez pas lu un roman l'évoquant.
Traînez vos guêtres dans la boue d'*À l'Ouest rien de nouveau* d'Erich Maria Remarque, et vous ressentirez ce que les troufions vivaient dans les tranchées.
Encore une fois, rien n'est réel… mais tout est vrai…
En chroniquant, j'ai pu m'investir dans cette expérience, j'étais un combattant… en tout cas, c'est ce que je crois… c'est déjà énorme, déjà émouvant.

Les mots sont des idées, mais sont aussi des sons.

Lire les sons des autres permet de se fabriquer sa propre musicalité littéraire. Chroniquer, c'est aussi réinterpréter la musique des autres, se l'approprier pour qu'elle devienne sienne.

En musique, une partition n'est pas à soi tant qu'on ne la joue pas, un livre commence à nous appartenir après l'avoir croqué avec des mots.

Cela oblige à réfléchir, à ne pas seulement se divertir, mais à apprendre des autres… et à s'entraîner aux émotions.

Comme un sportif entraîne son corps, un lecteur entraîne son cerveau à la puissance des sentiments… l'amour, la haine, la peur, la déception, la trahison, l'humour, la fraternité, l'abandon, l'aventure… la vie.

Chroniquer permet de s'immerger davantage dans d'autres cultures, d'autres époques, d'autres personnes… d'autres moi… c'est cela, l'implication, faire partie du texte pour mieux l'infuser dans sa tête.

Et mieux comprendre le monde qui commence par soi…

Nous vivons dans un imaginaire qui transparaît dans le réel, les deux s'entremêlant.

Alors autant que ce monde imaginaire soit large, ouvert, complexe, dense, pour enrichir un monde réel qui est… ce qu'il est.

En chroniquant, on s'approprie plus sciemment ces expériences.

Par cet effort de rédaction, puis en ouvrant ses carnets de temps en temps, l'écriteur construit patiemment sa mémoire interactive avec la culture, l'art… le monde.

Écrire sur les livres m'a permis aussi de me créer une proximité pas si artificielle avec les écrivains. De mieux les sentir, de les chercher plus finement d'entre les pages, de me connecter plus étroitement à leur style, à leur volonté, par la nécessité de mieux les comprendre pour les expliquer et pour m'expliquer pourquoi ils m'émeuvent à ce point… ou pas.

En les parcourant mot à mot, les leurs et les miens, nous avons pu construire mon panthéon papier des grands auteurs, aussi solide et beau que le marbre des cathédrales.

Ainsi, par respect pour mon cahier, je lui dois ce labeur sur tous… mais je n'aime écrire que sur les auteurs que j'adore.
Ainsi, mon cahier m'adore… et la cathédrale grandit…

Alors chroniquez, chroniquez, il en restera toujours quelque chose…

Chapitre 42

C'est à cause de Zygomar...

Les livres m'ont toujours beaucoup apporté.
J'ai commencé mon métier sans formation, mais en le bouquinant au travers de pages techniques, puis dans des romans historiques peuplés de négociations célèbres, en même temps que je le pratiquais au quotidien.
Je ne savais pas non plus mettre un costard pour paraître professionnel, ça aussi je l'ai cherché dans les pages avec des agents secrets, des gentlemen cambrioleurs, des bourgeois Belle Époque.
Ça peut vous faire rire, mais je suis devenu le roi du trois pièces et de la montre gousset.
C'est stylé, tout de même !
J'ai aussi essayé de comprendre ma relation aux autres dans des romans. *Vipère au poing* d'Hervé Bazin est devenu mon livre de chevet, ainsi que *Sarn* de Mary Webb. L'expérience des écrivains m'a fait gagner du temps et du recul... je crois.
Vous avez vu que pour reprendre ma vie en main et me trouver une voie, je suis passé par les mots des autres, les histoires d'anciens.
Après avoir été sauvé par l'univers des livres et en ayant beaucoup chroniqué, je me suis demandé s'il fallait que j'écrive.

Peut-être qu'on ne peut réellement se mettre à écrire qu'une fois en danger...

Le danger, je l'ai senti permanent dans cette période, comme un ami traître, comme une maîtresse dangereuse, de celles dont on ne peut se passer, mais qui font tellement souffrir.
J'étais passionnément en danger, avec ce besoin de le vivre et de m'en débarrasser.
C'était sûrement le moment…

C'est très différent d'écrire sur un texte que d'écrire un texte.
Chroniquer, c'est le plaisir de faire apparaître des mots ; écrire, c'est le plaisir de les lire.
Rien à voir.
Du tout !

Pourtant, ça fait longtemps que je rédige des bouts de trucs qui ne concernent pas les textes d'autres, des choses sans beaucoup d'intérêt, sauf des fois lorsqu'on me demande de le faire pour un événement… mariage, anniversaire… décès.
Le Roi du speech… de la larme à l'assistance, des fous rires alcoolisés et des rougissements de Mémé Léone.

Rien à voir avec une nouvelle ou un roman… mais une propension à faire des phrases.
Comme beaucoup.
Au moins un par famille… une place à prendre… un vide surtout à combler… car les mots ont leurs importances pour la mémoire collective du plus petit nombre : le clan.

Je crois que j'aimerais écrire un livre… un jour… depuis longtemps… depuis Zygomar…
Vous ne connaissez pas ?

Bien sûr, ça vous dit quelque chose, vous avez déjà entendu ce son… mais non, ce n'est pas lui.

Je croyais avoir inventé ce blase rigolo (manifestement, j'ai dû l'entendre…) et je l'ai écrit sur une rédaction en 6ᵉ.

« Parlez-nous de votre animal domestique », c'était le sujet…
— Maître… Je n'ai pas d'animal.
— Eh bien, parle-nous de celui que tu aimerais avoir. Et ne faites pas court !

J'aimerais avoir quoi ?…

Je ne voyais pas… Un chat ? Je suis allergique… Un chien ? Ça chie… Un oiseau ? Trop de piaillements ! … Un poisson rouge ? Pour en faire quoi ?! … Ou un tigre… Mouais.

Alors j'ai inventé… un truc plein de poils… et des couleurs dessus… avec une grande langue pour se lécher partout… faisant des petits sons d'oiseaux, mais en plus graves… avec une longue queue touffue pouvant masquer une tête allongée et craquante située juste à la hauteur de la mienne… j'allais oublier les petites cornes en mousse… et la possibilité de monter sur son dos… et… bref !

J'ai fait six pages où trônait un 18/20 sur la première, malgré des mots brûlés par les fautes d'autocrafe, reçu des félicitations du Maître au costume nœud pape et pompes vernies (impressionnant), dû lire un passage devant les rires pouffés de mes camarades en jogging baskets (impressionnables), évité quelques tournioles de ces mêmes camarades moqueurs munis de moufles de boxe (c'était l'hiver)… et affronté le silence soupçonneux de mes proches…

Pourquoi as-tu écrit tout ça, Léo ?
Avec la question qui n'est pas posée, mais qui transpire lorsqu'un taiseux se révèle.
(« Qui es-tu, Léopold ? »)
Différent… et c'est tellement difficile d'être différent.
Comment trouver ma place dans ce monde de conventions qui me correspondait si peu ?
À partir de ce moment, l'écriture a été mon mercure au chrome sur mes douleurs invisibles.

Zygomar a marqué la famille…
« Écris-nous une Zygomar, Léo ! »
Cela voulait dire un petit texte qui allait nous faire marrer et rêver.
Ce texte, vous le trouverez à la fin du… je déconne… je l'ai perdu… il n'en est que plus beau… enrichi de nos souvenirs… de son auréole… il serait ridicule, maintenant… il l'était déjà certainement.
Surtout ne jamais le retrouver…

Zygomar m'est resté en tête…
Zygomar, c'est mon envie d'écrire.

Je me souviens de la dernière phrase de ce premier mini exploit… Je croyais pourtant l'avoir oubliée, mais elle a ressurgi une nuit comme un bouchon de liège sur mon vague à l'âme :
« Mais ne nous attardons pas, ce n'est qu'un rêve. »

À travers les âges, j'ai envie de lui dire à ce Léo :
« Attarde-toi, n'essaye pas de grandir trop vite, et prends conscience de ton rêve… »

Mais comment voudrais-je écrire si jamais je le faisais ?

3

J'aimerais écrire comme on crée une autre réalité, plus probable que le quotidien, une réalité qui nous concernerait plus.

Écrire dans une urgence, comme une nécessité, comme un coup de pied au temps, qui passe, une bourrade à la grande faucheuse.

Écrire comme si cela débordait, comme une éruption, comme avoir un livre en soi qui doit jaillir, pour être bousculé par les mots, s'efforcer de maîtriser le flot en le jugulant, l'apprivoisant, sans jamais le dominer.

Découvrir la fulgurance, l'inanité et la nécessité de l'écriture.

Découvrir la douleur aussi, l'écriture comme une blessure et voir les mots en jaillir… bouillonnants… brouillonnants.

Un mal, des maux, pour un bien.

Écrire pour dire qu'on va écrire, comme une annonce, une semonce… parce qu'écrire veut d'abord signifier qu'on écrit.

Pas très jolie, cette phrase… mais je la garde… parce qu'elle est riche de sens.

Marcel Proust l'a tellement fait. Il n'a presque fait que ça.

Finalement, *La recherche du temps perdu* n'est que l'histoire d'un type qui veut devenir écrivain… il n'en était qu'au début avant d'être rattrapé par la mort un instant bousculée.

Il n'avait pas bien dû lire le pacte que certains font avec Méphistophélès…

« Tu seras l'auteur français de référence… mais tu mourras avant que ton œuvre ne soit complètement éditée. »

Ou peut-être l'a-t-il lu ? ...

Il faudrait écrire un dictionnaire entier sur Proust, un manuel qui serait une façon joyeuse et érudite, tout à la fois précise et exhaustive, comme une revisite de l'une des plus grandes œuvres de la littérature française (la plus grande d'après beaucoup) surtout pour ceux qui, comme moi, ne l'ont lu qu'une fois (il semblerait qu'il faille, a minima, quatre lectures… pour commencer seulement à s'en imprégner) et qui aspirent à comprendre toujours mieux l'œuvre et l'homme, qui se mélangeraient sans fin dans un ouvrage (Sainte-Beuve avait raison, finalement) devant respirer entre duo et duel, plein d'amour, d'humour et de moments jubilatoires, pour enfin parvenir à ressusciter l'esprit de l'écrivain d'entre les pages et lui faire retrouver un souffle (qu'il avait trop court jusqu'à l'emporter) lyrique au travers d'extraits, d'anecdotes, d'explications, de suppositions, d'interprétations, prompts à nous ravir jusqu'à l'envie de relire l'œuvre si amoureusement mise en redécouverte.
(Je viens de vous faire Proust, à sa façon… en une phrase… longue…)

J'aimerais faire ce pacte avec l'illusion. Fondre la forme et le fond et amuser tout en faisant réfléchir.
Me raconter, bien sûr (égocentrique que je suis), mais me déformer, m'étirer, m'aplatir, rapetisser, exagérer, mentir en toute sincérité, dans le but unique de faire ressentir les émotions.
Ne pas céder au pathos qui n'est souvent qu'un grossier maquillage, mais juste en faire trop pour que l'émotion se reflète sur le visage du lecteur et s'insinue dans son corps.

Pour ressentir. Vivre, c'est ressentir.
Transmettre l'émotion pour que le texte vive en faisant vibrer.
Un roman ne devrait jamais être chiant ni laisser indifférent.
Un roman devrait se servir du lecteur comme reflet des sentiments qu'il porte.
Si le texte était un être, il voudrait que le lecteur soit un miroir.
Alors peu importe son exagération ou sa part de vérité, tant que l'émotion est authentique.

Ainsi, j'aimerais mentir toute la vérité… et pouvoir me dissimuler derrière…

M'affranchir du temps, le comprimer, l'intensifier, pour enfin le soumettre, jusqu'à l'ignorer… quand le temps est aboli, on peut raconter sa fin.
Une fin.
Temporaire. Jusqu'à la vraie.

Ou la deviner, comme le parvint Jack London avec *Martin Eden*.
Son chef-d'œuvre.
London creuse son abîme, se jette en pâture, prêt à en découdre avec la vie, et nous dit tout de son acte d'écrivain en projetant sa fin jusqu'à nous faire décoller les poils dans le plus sublime des excipits :
« Et au moment même où il le sut, il cessa de le savoir. »
Le Grand Jack mit quelque temps après ce livre à cesser de le savoir, pourtant, il l'avait toujours su…

Et le lecteur ?
Si j'écris un roman, je ne l'oublierai pas.
J'ai tellement été dans sa peau.
Je sais qu'il participe à l'œuvre.
Il en est l'autre moitié.
Alors j'ai envie qu'il s'implique, qu'il prenne part.
Je n'ai pas envie d'écrire pour le lecteur, pour être lu, mais avec le lecteur.

J'ai un besoin de l'interpeller, de le mettre dans le livre, dans les pages, de lui faire endosser le costume du texte, de lui laisser une place pour qu'il s'introduise dans les interstices.
Ne pas tout lui expliquer pour qu'il comble les vides par ses propres expériences, ses propres raisonnements, qu'il jette aussi un bout de lui sur le papier. Sans s'en rendre réellement compte, presque par inadvertance.
J'essaierais de l'amener à s'investir dans les mots manquants, pour qu'il prenne position dans l'histoire et ainsi s'accapare des émois en se disant : « Et moi… »
Et s'il tente de s'échapper, le reprendre par le colbac pour le faire plonger, l'interroger, le forcer presque à réagir au texte, à se positionner, à prendre parti.
J'aimerais que le texte lui parle… à l'oreille, aux tripes, au corps.
Pourquoi ne deviendrait-il un personnage ?
Au moins de temps en temps, au moins qu'il trouve une place dans le texte, au moins qu'il confonde sa place avec celle du narrateur, au moins qu'il trouve quelque chose de lui dans le narrateur, au moins qu'il se dise qu'il connaît cette sensation décrite, cette situation en relation avec sa propre vie, sa petite vie qui devient plus grande sur le fond blanc cassé du parchemin.

Et qu'il se retrouve dans la complexité d'une histoire où le héros n'est pas forcément le gentil, ou pas que gentil.

La réalité est comme ça, les gens sont complexes, le bien et le mal n'existent pas ou peu à l'état pur.

Tout est mêlé, tout est conjoncturel, tout est flou, personne n'est bon et chacun n'est pas si méchant.

On a tous notre côté sombre.

Et comme il faut le cacher, il peut être très sombre, parfois…

J'aimerais écrire pour les mots, c'est ce qu'il y a de plus important, et les laisser aller à l'essentiel, pour qu'ils transportent ce qu'ils doivent sans (trop de) fioritures.

Les tournures très travaillées polluent, affadissent, enflent ou déforment.

Le mot, lui, est juste.

En les empilant dans leurs puretés, ils construisent les sentiments, font naître une idée qui a une chance de devenir percutante.

Ils doivent faire voir, allumer des images, imprimer dans la tête.

Pourquoi ne pas en inventer qui pourraient être compris de tous, des créations évidentes, mais bousculant la règle.

Et les mettre en avant avec la ponctuation, pour les laisser libres, aux vues de tous. Nus.

Surprendre.

Ne pas se douter de la prochaine phrase, pour se faire embarquer, puis débarquer sur un contresens.

Jouer avec eux pour qu'ils signifient plus et créer l'envie de relire les phrases à peine parcourues, parce que les mots auront surpris.

Mais pour écrire enfin un livre, il faut trouver le déclic… plutôt le détonateur, cette personne qu'on n'attendait pas et qui vous dit :
« Mais qu'est-ce que tu fous ! Écris ! »
Ou
« C'est de toi ? C'est bien… continue pour de vrai. »
Ou
« J'aime beaucoup ce que tu fais… il faudrait te lancer. »
Se lancer…
Pour quelqu'un.
Écrire pour quelqu'un de bien.

Il y a plusieurs raisons d'écrire… si j'écris, ce sera pour cette personne.

Bon, je m'attarde à rêver… et c'est bon.
Le talent, ça se rêve d'abord… car ensuite, on ne sait pas.

Et puis mon vœu est tellement ambitieux qu'il me faudra plusieurs livres pour en exprimer l'ampleur… en tout cas, plusieurs livres pour y parvenir.
Pour l'instant, je m'apitoie sur un ordinateur à essayer de lui faire cracher quelque chose dans le scintillement de son écran trop plat et de son indifférence électronique.
Tac tac tac toc tac tac…

Peut-être un jour (et des nuits) écrirai-je un livre… qu'un malin courageux publiera…

Chapitre 43

C'est gentil tout plein, non ?

Et c'est vrai, en plus.
Enfin, je crois.
Si !
Ouf…

Écrire.
Pour être emporté malgré moi au-delà de mes idées dans cette fatalité de rôle qu'on ne choisit pas soi-même.
Je peux en faire des tas comme ça…
Mais il faut de la sincérité aussi…

Je dois concéder, par pure honnêteté mal placée, que si je me trifouille les entrailles pour me voir surgir des causes profondes d'envie d'écrire, si je m'introspecte pour me trouver des raisons propres… ou pas si propres… parce que dès qu'on regarde au fond, c'est forcément un peu sale… il reste toujours un truc qu'on avait oublié… par lâcheté… qui malodore… mais qu'on laisse là… en attente… de l'assumer, enfin.
Oui, si j'abandonne les auréoles luminescentes de la dévotion à l'aspiration, les positifs des grandes causes… les rencontres étincelles… les fausses excuses aussi…
Et que je m'intéresse au truc qui me gratouille les fesses en permanence, à cette gêne honteuse, mais dont on ne sait se passer… alors… je dois m'avouer… que j'aimerais écrire pour <u>emmerder le monde</u> !

Emmerder cet ordre, ces codes, ces conventions débiles et ineptes venues de traditions, de qu'en-dira-t-on, de voies toutes tracées… par les autres !
Emmerder aussi et surtout les carcans castrateurs qui me sont imposés… par moi-même !
Emmerder cette prof de français hurlante à s'en faire sauter les barrettes de sa chevelure de méduse, et pour qui j'étais définitivement nul en rédaction !
Emmerder mes patrons… non, même pas. M'en fous.
Emmerder les éditeurs avec un nouvel inconnu… ayant oublié depuis longtemps sa puberté !
Emmerder cette beauté bouleversante, indécrottablement amoureuse d'artistes, pour avoir enfin droit à une révision du jugement de ses sentiments !
Emmerder les subtiles qui me considèrent comme une brute au cœur empierré !
Emmerder les affreux qui me croient gentil tout en s'offusquant de mes hurlantes !
Emmerder les bien-pensants par trop faire réfléchir… Pour ruminer sur ces règles effrayantes qui régissent une humanité agonisante n'ayant su profiter de rien, en s'imposant n'importe quoi, pour une destinée courue d'avance !
Si encore il y avait un but logique et grandiose à atteindre !
Mais que dalle !!
Et surtout, emmerder les emmerdeurs… par principe !

Écrire… pour me faire du bien et pour faire un peu de mal.
Mais pourquoi ?!
Pour me faire aimer.

Oui, c'est ça.
Je crois que c'est ça...
Quand je taquine, que j'enquiche, bouscule, crapule, mâchouille, grommelle, bouillonne, tonne... alors on me remarque, on a des attentions... des gentillesses, des caresses... et je crois qu'on m'aime.
C'est couillon, hein...
Se mettre à emmerder pour être aimé... pour ce sentiment d'exister...
Exister.

J'en reviens à mon Céline.
Pas plus emmerdeur que lui.
Oui, mon... parce que chaque auteur nous appartient un peu... beaucoup, surtout après sa mort...
On prend d'un écrivain ce qu'on en veut... et c'est à nous.
Dans *Le Voyage,* Louis-Ferdinand nous montre à quel point le monde entier s'est ligué pour l'emmerder... et comme il le lui rend bien, jusqu'à bousculer la langue française... et tous les cons du Goncourt avec...
Et je me persuade que le grand écrivain l'a fait pour être aimé des yeux d'une seule... et un peu des autres humanoïdes de cette planète guignolesque.
Céline est un aigri de l'humain, parce qu'il en attendait quelque chose... de l'amour...
Enfin, c'est ce que je crois de mon Céline... certainement parce que c'est ce que je crois de moi, avant tout...

On se calme !!!

Je dis et je répète que je ne suis pas en accord avec son antisémitisme !
Voilà c'est (re)dit !
Merde, alors !

Bref, je ne suis qu'un emmerdeur…
Suis-je tellement à part ?…
Bref, je ne suis qu'un emmerdeur… de plus.

Parce qu'en réalité, chacun y va de son individualisme, de sa petite chiure, de sa détestation du monde… de sa bassesse… et veut le faire péter, le monde… pour de bons arguments… ou pour le spectacle… pour une colère, souvent.

Alors c'est mieux comme ça, juste d'essayer d'écrire, sans rien casser vraiment, sans rien prévoir sûrement…

…Finalement, ça a débuté à la machine à café…

Fin

C'est tout ce que j'avais à vous écrire pour l'instant…

J'aimerais remercier vivement… et j'espère qu'ils ne m'en voudront pas…

Jour, Richie, ma Sœur, Sikandar, Lolobololo, Sophie…
Et
Léone, Léo…
Et
Louis-Ferdinand, Jack, Ernest, Émile, Alexandre…

Ils se sont reconnus…

TABLE

PREMIÈRE PARTIE 11
  Chapitre 1 13
  Chapitre 2 19
  Chapitre 3 27
  Chapitre 4 33
  Chapitre 5 39
  Chapitre 6 43
  Chapitre 7 47
  Chapitre 8 51
  Chapitre 9 55
  Chapitre 10 59
  Chapitre 11 63
  Chapitre 12 71

DEUXIÈME PARTIE 75
  Chapitre 13 77
  Chapitre 14 81
  Chapitre 15 85
  Chapitre 16 89
  Chapitre 17 95
  Chapitre 18 99
  Chapitre 19 109
  Chapitre 20 113
  Chapitre 21 115
  Chapitre 22 119
  Chapitre 23 123
  Chapitre 24 131
  Chapitre 25 135
  Chapitre 26 139

TROISIÈME PARTIE 141
- Chapitre 27 143
- Chapitre 28 149
- Chapitre 29 153
- Chapitre 30 157
- Chapitre 31 159
- Chapitre 32 165
- Chapitre 33 169
- Chapitre 34 173
- Chapitre 35 177
- Chapitre 36 181
- Chapitre 37 185
- Chapitre 38 189
- Chapitre 39 193

QUATRIÈME PARTIE 201
- Chapitre 40 203
- Chapitre 41 207
- Chapitre 42 213
- Chapitre 43 223

Collection Magnitudes

Dirigée par Yoann Laurent-Rouault

Notre collection littéraire phare regroupe toutes sortes d'œuvres littéraires, qu'il s'agisse de romans, de poèmes, de nouvelles, etc. Cette collection a la spécificité d'introduire des chiffres dans le domaine littéraire. Sur chaque livre de la collection est apposé un chiffre qui traduit le caractère plus ou moins choquant du texte.

4.0 Faible magnitude. Texte tout public.

5.0 Moyenne magnitude. Texte tout public.

6.0 Assez forte magnitude. Texte comportant des éléments susceptibles de heurter la sensibilité du lecteur.

7.0 Forte magnitude. Texte pour lecteur informé.

8.0 Très forte magnitude. Texte pour lecteur averti.

9.0 Magnitude extrême. Texte déconseillé aux âmes sensibles.

9.5 Magnitude ultime. Texte pouvant très fortement ébranler le lecteur, totalement déconseillé aux personnes sensibles.

Découvrez les autres romans de la collection Magnitudes

- **Le chant des Brisants**
  Alain Maufinet - Magnitude 5.0
- **Printemporel**
  Louise Frottin – Magnitude 8.0
- **Le connard nu**
  Arthur Saint-Servan – Magnitude 7.0
- **Le grand con**
  Tony Gallau – Magnitude 7.0
- **L'âme du manguier**
  Béatrix Delarue – Magnitude 5.0
- **Colliers de nouilles**
  Martine Magnin – Magnitude 6.0
- **La tragédie de Fidel Castro**
  João Cerqueira – Magnitude 8.0
- **Poupée musclée sur lamelles de bonheur**
  Inès Vignolo – Magnitude 8.0
- **La demoiselle de nulle part**
  Thomas Degré – Magnitude 7.0
- **Frissons avec sursis**
  Didier Michel – Magnitude 7.0
- **Arythmies**
  Laetitia Cavagni – Magnitude 8.0
- **D(i)eux**
  Franck Antunes – Magnitude 6.0
- **Villa des orangers**
  Régine Ghirardi – Magnitudes 4.0
- **Cendrillon de trottoir**
  Bianca Bastiani – Magnitude 8.0
- **Alice aux petites balles perdues**
  Aurélie Lesage - Magnitude 7.0
- **De Stockholm à Lima**
  Ana Jan Lila – Magnitude 9.0
- **De Stockholm à Lima 2**
  Ana Jan Lila et Arthur Saint-Servan – Magnitude 9.5
- **J'ai tangué sur ma vie**
  Maryssa Rachel – Magnitude 7.0

D(i)eux
de Franck Antunes

Si l'écriture salvatrice et contestataire pour l'auteur devenait une sorte de lampe d'Aladdin. Si le talent de Léo était son mauvais génie... Et si Dieu s'en mêlait... Pourquoi pas, puisque tout est permis. Mais dans l'acte solitaire de l'écriture, comment concrétiser la rencontre avec l'autre. Et aussi avec l'autre, là, le très grand... Ce type aux desseins impénétrables...

Découvrez les autres collections de JDH Éditions

Drôles de pages
Uppercut
Nouvelles pages
Versus
Les collectifs de JDH Éditions
Case Blanche
Hippocrate & Co
My Feel Good
Romance Addict
F-Files
Black Files
Les Atemporels
Quadrato
Baraka
Les Pros de l'éco

L'Édredon

La revue littéraire de JDH Éditions

Venez découvrir les textes de la revue

**Textes et articles dans un rubriquage varié
(chroniques, billets d'humeur, cinéma, poésie…)**

Suivez **JDH Éditions** sur les réseaux sociaux
pour en savoir plus sur les auteurs,
les nouveautés, les projets…

Inscrivez-vous à notre Newsletter sur
www.jdheditions.fr
Pour recevoir l'actualité de nos nouvelles
parutions